Dietmar Friedrich

Die Venusmuschel

Erzählung

Bibliografische Information der Deutschen Nationalbibliothek:
Die Deutsche
Nationalbibliothek verzeichnet diese Publikation in der Deutschen
Nationalbibliografie;
detaillierte bibliografische Daten sind im Internet über
www.dnb.de abrufbar.

© Dietmar Friedrich 2014
2. Auflage

**„Herstellung und Verlag: BoD – Books on Demand,
Norderstedt"**

ISBN 9-783732-281756

Erste Auflage 1998
im Fouqué Literaturverlag
Egelsbach am Main

I; Kapitel

Demetrius Friedensreich blickte aus dem Fenster des rasenden Zuges auf nebelverhangene Alpenhänge und auf vor Nässe triefende Tannen, die schwarze, schwere Äste gespenstisch in den dunklen Himmel reckten. Sein Blick irrte über steingraue, geduckte Häuser, die sich wie Schafe in dunkler Nacht, die unsichtbar der Wolf umschleicht, ängstlich aneinander drängten. Schwer hingen schwarze Wolken über dem tiefen Talgrund. Dumpf trommelten Regentropfen gegen die spiegelnde Scheibe des Fensters. Irgendwo gen Süden lockten die grünen Hügel der Toskana, lockten die sonnendurchglühten Dächer von Florenz, lockten die lichtfunkelnden Wogen des Meeres. Demetrius war geflohen vor diesem krank gewordenen Nordlandsommer, vor kalten Regenschauern, die über das, vor kurzen noch heiß durchglühte Land peitschten. Selbst der Himmel, so schien es, wollte ihm sagen, dass die heißen, fiebernden Frühsommertage mit Anna, die er voll brennenden Verlangen geliebt hatte, endgültig vorbei waren.

Jedes Ding zu Hause sprach nur von ihr; die Kaffeetasse aus der sie getrunken, der Stuhl auf dem sie gesessen, das Bett, in dem sie sich geliebt hatten. Die Bank im Garten erzählte von nächtlichen Umarmungen und Küssen; das Hemd, das er trug von ihren flinken, zärtlichen Fingern, die es aufgeknöpft und ausgezogen hatten. Und alles sprach davon, dass dies nun unwiederbringlich vergangen war, dass er niemals mehr ihre zärtlichen Finger auf seiner Haut fühlen würde, dass er niemals mehr ihren Mund küssen würde. Alle diese Tausende kleiner und banaler Dinge, die er täglich hunderte Male sah erregten unablässig Erinnerungen, die sich in sein Herz bohrten wie Maden und nun stetig daran nagten und fraßen. Es war unmöglich, dies länger zu ertragen! Also war er geflohen und hoffte in der Fremde neues Leben und Heilung, oder doch wenigstens Betäubung zu finden. Aber auch jetzt noch, hier im rasenden Zug, verfolgten und quälten ihn unablässig die Ge-

danken und Erinnerungen an die kurze Zeit mit ihr, die allzu schnell, allzu gewaltsam ihr Ende gefunden hatte.
Besonders ein Erlebnis, das ihm als Höhe- und Wendepunkt des Sommers erschien, erfüllte oft sein ganzes Denken und Fühlen. In diesem einen kurzen Augenblick, der immer und immer wieder seine Erinnerung erfüllte, schienen sich alle Schicksals- und Lebenslinien dieses Jahres zu kreuzen; in diesen einen magischen Augenblick, verdichtete sich alles Erleben dieses kurzen, raschlebigen Sommers in ungeheurer Intensität.
Es war auf einem Sommerfest gewesen. In das alte, verfallene Gemäuer einer Burgruine war für einen Tag festlicher Trubel eingekehrt. Musikanten spielten zum Tanz. Aus den, in den Fels gehauenen Kellern der Burg, wurde dunkles, kühles Bier ausgeschenkt. Hähnchen brieten über offenen Feuern und Quark und Käse wurde aus großen irdenen Töpfen feilgeboten. Auf den Stufen des alten Söllers, von wo einst Raubritter beutegierig in das Tal hinab gespäht hatten, saßen nun Kinder und beobachteten verzückt das festliche Treiben, verzaubert vom Augenblicksglück der Menge. Demetrius und Anna hatten getanzt, um sich nun, erschöpft und erhitzt von Tanz und Sommer, abseits, unter schattigen, hohen Bäumen niederzulassen. Tief unter ihnen wand sich ein kleines, smaragdgrünes Flüsschen durch den sommergrünen Talgrund. Schroffe Felswände stiegen aus dem Wipfelmeer der tiefgrünen Wälder empor. Sie hatten sich eine Zeit lang leise und sanft unterhalten; doch nun saßen sie einfach so da, die Wärme des Sommers genießend und von Zeit zu Zeit dunkles Bier aus schweren Tonkrügen trinkend. Halb betäubt und schläfrig von der Wärme, vom Bier und dem vorausgegangenen Tanz, streckte sich Demetrius im weichen Gras aus. Müde und sommerschwer mischte sich das Konzert der Zikaden in den Wiesen mit den fernen Tönen der Festmusik. Wie zufällig streiften seine Blicke einmal über Annas Körper, über ihr Gesicht, ihre Haare und den feinen Gazellenhals, ohne im Augenblick an etwas zu denken oder etwas anderes zu empfinden, als Wärme und wohlige Müdigkeit.

Durch das Dach der Blätter drangen gebündelte, goldene Lichtstrahlen und fielen auf ihr schimmerndes Haar, spielten auf ihren Nacken, ihren feinen Hals und den nackten Schultern. Ätherisch zeichneten sich unter ihrem weißen, weichen Sommerkleid die zarte Wölbung ihrer Brüste, der feine Bogen ihres Bauches ab, mehr zu erahnen und die Phantasie beflügelnd, als tatsächlich zu erkennen. Auf ihrer Haut schimmerten Schweißtropfen wie Perlen, sinnlich und verlockend.

Da hatte Demetrius zum ersten Mal gesehen, wie schön und begehrenswert sie doch eigentlich war. Oder nein, es war etwas anderes gewesen. Schön und begehrenswert war sie für ihn immer gewesen, schon als er sie das erste Mal gesehen hatte; damals, auf irgendeiner Geburtstagsfeier, als sie neu und fremd gewesen war in der kleinen Stadt, in der Demetrius lebte. Sie war damals gerade siebzehn oder achtzehn Jahre alt gewesen, jung, ungestüm und wild, und auch ein wenig unsicher und backfischhaft. Ein Freund von Demetrius hatte sie zur Party mitgebracht. Sie hatten sich erst eine Woche vorher kennengelernt und waren ein Paar geworden und zeigten nun allen, dass sie zusammen gehörten und sich lieb hatten.

Ja, Demetrius hatte sie auch damals schon begehrt, das wusste er jetzt, doch hatte er es sich niemals eingestanden, hatte es verdrängt, denn sie wahr tabu an der Seite seines Freundes. Jetzt erst wurde es ihm vollkommen klar, jetzt erst gestand er es sich voll und ganz ein, wie sehr er sie in all der Zeit begehrt hatte. Seltsam wie stark und lange er vor dieser Begierde, vor dem leisen Schmerz, den ihre Geschlechtlichkeit in ihm erzeugt hatte, die Augen und Ohren verschlossen hatte und es nicht wahrhaben wollte. Nun erst bekamen manche Bilder, manche Zuckungen seiner Seele aus jener Zeit Sinn. Nun erst wusste er dieses bittersüße Gefühl, gemischt aus schlechtem Gewissen und Glückseligkeit, aus Begehren und Scham zu deuten, das ihm des Öfteren, wie von ungefähr erfasst hatte, wenn er mit ihr zusammen gewesen war. Und auch die Kühle und Distanz, die er manchmal ihr gegenüber künstlich hervorgekehrt hatte und die er selbst nicht recht verstand, sah er nun in einem neuen Lichte, sie hatte nun ebenfalls Sinn, ließ sich begreifen und einreihen.

Nein, schön und begehrenswert war sie für ihn immer schon gewesen. Vielleicht hatte er sie sogar schon immer auf eine stille, sehnsüchtige Weise geliebt, so wie man eine unerreichbare Heilige lieben mag, geheim und uneingestanden vor der Welt, geheim und uneingestanden vor sich selbst.

Doch damals, auf den Sommerfest, als er sie so sitzen sah, in ihrem dünnen, weißen Sommerkleid, das nach Weiblichkeit und Verführung und zugleich nach mädchenhafter Unschuld duftete, da war es, als wäre ihre Schönheit und der uralte Zauber des Geschlechts wie ein gebündelter, glühender Strahl tief in seine Seele gedrungen, tiefer als je zuvor, und hätte ihn entzündet und von innen durchglüht. Von da an liebte er sie bedingungslos, von da an hatte sie Macht über ihn, von da an würde er sie sogar bis zur Selbstaufgabe lieben können. Dieser eine Blick, mit dem er sie halb unbewusst gestreift hatte, war Höhe und Wendepunkt seiner Liebe zu Anna gewesen. Niemals vorher, niemals nachher, würde er jemals mehr so ganz von ihrer Schönheit und Weiblichkeit erfüllt und durchdrungen sein, wie in diesem einen Augenblick. Auch jetzt, da er schon lange von ihr getrennt war, da er sie niemals mehr wiedersehen würde, da er sie niemals mehr in den Arm nehmen würde, da er auf der Flucht war, liebte er sie noch immer. Freilich auf eine ganz andere Weise, bitterer und schmerzlicher sicherlich, aber vielleicht auch sanfter und stiller als damals in jenem magischen Augenblick.

Überhaupt. Es war seltsam. So oft er mit Anna zusammen gewesen war, sogar so oft er an sie dachte, jedes Mal war es eine etwas andere Liebe, jedes Mal hatte sie ein etwas anderes Gesicht, immer war es neu und erregend gewesen. Und so kam es ihm vor, als wäre in jenen wenigen Wochen, in denen er sie geliebt hatte, mehr Erleben gedrängt, als in vielen Monaten und Jahren zuvor. Und in dem einen Augenblick wiederum, in dem er sie von der Seite angeschaut hatte, wie sie erhitzt und glühend von Fest und Sommer blühte wie eine Rose, war es ihm, als wäre alles Gefühl, alles Erleben in einen einzigen, winzigen Punkt gebündelt worden, bevor dieser in weicher Explosion barst und ihn ganz erfüllte. Neben jenen einen und wichtigsten Moment dieser Liebe aber, da er so ganz und tief und bis zur Selbstaufgabe von ihrer gleißenden Weiblichkeit erfüllt gewesen war, war ihm vor allen Dingen ihr erster gemeinsamer Abend, an dem sie zusammen gewesen waren und an dem sie sich zum ersten Male geliebt hatten, wichtig und teuer, geheimnisvoll und rätselhaft.

Der Mai, der große Erlöser, hatte die launischen und regenreichen Apriltage vertrieben; eine wärmende Sonne überflutete das frische Grün der Felder und Wälder und erweckte alles zu neuem, fiebernden Leben. Jedes Tier, jedes Blatt, jeder Grashalm war durchglüht vom uralten Gesetz des Werdens und Neubeginns. Jeder Vogelgesang kündete die ewige Wahrheit des Lebens, jedes Nest mit Vogeljungen war Dienst am ewig sich wandelnden, ewig fließenden Lebensstrom, jede keimende Blüte sprach von Verwandlung, von Frucht und fiebernder Existenz.

In einer der lauen Maiennächte saß Demetrius in einer Gartenwirtschaft, trank frisch gezapftes, schäumendes Bier und hörte zu, wie sich die Äste der großen alten Kastanienbäume leise im Wind wiegten. Bunte Glühbirnen tanzten auf und ab, von lauer Luft sanft geschaukelt.

Auch Demetrius träumte den Traum der Bäume, träumte von neuem Leben, von einem glühenden Sich-Hingeben an den Frühling, an Wind und Sonne und Sterne, an das Werden und Vergehen in der Welt. Er träumte von Lebenslust und Lebensgier, träumte von weißen, namenlosen Gliedern, die einander umschlangen; er träumte von Untergang und Wiedergeburt, von einsamen, bunten Lichtern im Sturmwind, von Mädchenhaar und leuchtenden Sternennebeln.

Endlich war die stille Nacht noch stiller geworden. Die wenigen Gäste, die vorher noch an den Gartentischen gesessen waren,

waren nach Hause gegangen oder hatten sich in das Innere der Wirtschaft zurückgezogen. Demetrius saß allein im Dunklen und starrte auf den Bierkrug vor sich, heimlich durchschauert von der Angst vor seinem kalten, einsamen Bett, vor den nackten Zimmerwänden, die ihn in schlafloser Nacht höhnisch anstarren würden. Niemand wartete zu Hause auf ihn, niemand konnte ihn befehlen nach Hause zu gehen, niemandem war Demetrius Rechenschaft schuldig, außer sich selbst. Er hatte sich diese Freiheit immer gewünscht und nun, da er sie besaß, fragte er sich, ob der Preis für diese Freiheit nicht zu hoch war. Der Preis, der grenzenlose Vereinsamung hieß, eine kaum mehr zu ertragende, eine qualvolle Einsamkeit.

Wie schrecklich, wie todesstarr, wie bitter war doch dieser Winter gewesen. Seine Seele war erfroren, erstarrt und von einem dicken Eispanzer überzogen gewesen. Die Welt, die er sich in mühsamen Jahren errichtet hatte, war rissig geworden; das Leben, das er lebte, war unecht geworden und zur bloßen Fassade herabgesunken. Sein Traum von einer heroischen Einsamkeit, von einer *splendid isolation*, in der er ganz er selbst sein konnte, in der er wachsen und stark werden wollte, war zum Alptraum geworden, zum Zerrbild von Einst, zu einer starren Maske, unter der er langsam vertrocknete und erstickte.

Spät erst war sie gekommen, Anna, mit traurigen Augen, einsam und verlassen wie er. Ihre Liebe war zerbrochen, grau geworden mit den Jahren, ertrunken im Sumpf des Alltags. Ihr Freund hatte sie verlassen. Es hatte hässlich geendet. Es hatte Streit gegeben - böse Worte, und Demetrius sah es ihren Augen an, dass sie geweint hatte. Er hörte zu, tröstete, nahm sie in den Arm; ihre Lippen fanden sich zu einem ersten, zarten Kuss.

So leicht und einfach hatte alles begonnen. Sie hatte Trost und Wärme gesucht, war einsam gewesen in jener Stunde und Demetrius war es gewesen, der sie tröstete, der sie wärmte, der sie gern hatte und zärtlich über ihr Haar strich. All dies hatte sie so nötig gehabt in jener Stunde unter den trunkenen, bunten Lichtern und dem rauschenden Kastanienbäumen, und Demetrius war in jener Stunde der Einzige gewesen, der ihr das Alles geben konnte. Doch niemals erfuhr sie, wie einsam, wie trostbedürftig er selbst gewesen war, wie sehr er die Wärme, die sie ihn gab, nötig hatte. Denn damals brach das Eis seiner armen, erfrorenen Seele auf, die erwachte, die fortan glühte. Niemals erfuhr sie, in welch traurigen Schattenreich, in welch eisiger Vereinsamung seine Seele gefangen gewesen war. Niemals erfuhr sie, wie sehr sie ihm zur Retterin wurde. Sie glaubte die Empfangende, die Beschenkte zu Sein und gab und schenkte doch mehr, als sie empfing.

Schnell und heiß war die Liebe aufgeflammt, wie ein alles verzehrendes Steppenfeuer, das rasch und unbarmherzig um sich greift. Den langen, glühenden Tagen waren kurze, rauschhafte Liebesnächte, voller Verlangen, voller lodernder Feuer gefolgt. Demetrius ertrank in ihren Umarmungen, verlor sich in moosweichem Haar, schmeckte salzige Haut, küsste fiebernde Lenden. Gierig trank er den Becher der Lust, entflammt, heiß, lodernd, jede Faser seines Körpers vibrierte im geilen Liebesrausch. Er krallte sich in ihr zartes, weißes Fleisch wie ein Ertrinkender, biss sich an ihren Lippen fest, schlürfte voller verlangen den Nektar der Lust, wie ein Verdürstender in der Wüste das helle Wasser der Oase. Und doch - in manchen schaurigen Augenblicken, ahnte und fürchtete er schon die Vergänglichkeit dieses Liebesglücks. Zu rauschhaft, zu selten und kostbar war dieser Sinnestaumel, als dass er lange währen konnte; zu schmerzhaft loderte das verzehrende Feuer der Lust in seinen Herzen, als dass er es lange hätte ertragen können. Ja, Demetrius hatte von Anfang an gewusst und geahnt, dass dieses lodernde Steppenfeuer der Lust kein dauerhaftes Glück, keine ewige Liebe gebären konnte. Doch allzu plötzlich, allzu schnell war das Ende gekommen. Allzu gewaltsam hatte sich Anna von seinem Herzen losgerissen, das blutend und verwirrt zurückblieb. Und doch, wenn er an den letzten Abend mit ihr zurückdachte, war da kein Groll und Hass in ihm; nur eine grenzenlose, schmerzhafte Leere.

Dunkel hatte der Abendhimmel auf den alten, hohen Kastanienbäumen gelastet. Die selben bunten Lampions, die einst ihren ersten Kuss mit einen Reigen von blauen, gelben und roten Licht überschüttet hatten, schaukelten nun traurig und still in den hohen Ästen. Schal und bitter schmeckte das Bier aus den schlanken Gläsern.
Anna hatte lange und viel geredet, von der Vergänglichkeit alles Schönen, von dem Andenken, das sie auf immer von jener kurzen, glühenden Zeit mit ihm bewahren wollte, von einem anderen, der in ihr Leben getreten war und dem sie ihre Liebe geschenkt hatte. Demetrius vernahm die Worte nur halb, saß da wie betäubt und wusste nur, dass dies das Ende war; das Ende eines rauschhaften, kurzen Glücks, das Ende des närrischen, trunkenen Liebestaumels. Und über all der Betäubung, über all der schmerzhaft aufsteigenden Gewissheit des Endes, leuchteten doch Annas Augen wie zwei Sterne und brachten ihm Trost, während ihre Worte sich in sein Herz und Gehirn bohrten, wie kleine, vergiftete Pfeile.
Ja, diese Augen sprachen von etwas anderen, als ihre schnell verwehenden, nur halb vernommenen Worte. Diese Augen sprachen von Ewigem und Unvergänglichen, sie sprachen von Zärtlichkeit und von Freundschaft. Und auch Furcht sah er in ihren Augen gespiegelt. Furcht ihn zu verletzen, ihn mit ihren Worten wehzutun. Zärtlich wie eine Mutter, die ihrem Kind eine bittere, unumstößliche Wahrheit klarzumachen sucht, umschmeichelte ihn ihre behutsame Stimme, während ihre Augen wie zwei sanfte Sterne zärtlich glühten. Es war nicht ihre Schuld, dass sie ihn nicht in dem selben Maße lieben konnte wie er sie, dass sie nicht das selbe brennende Verlangen nach Fortbestand und Dauer in sich fühlte wie Demetrius. Sie musste dem Weg folgen, den ihr Herz ihr vorbestimmte. Und doch, in welch schrecklicher Leere, in welch grässlicher Einsamkeit, ließ sie ihn zurück. Die ganze innere Welt, die sich Demetrius in mühsamen Jahren errichtet hatte, versank in Chaos und Sinnlosigkeit. Alle Werte waren fragwürdig geworden und wollten neu definiert werden; sein Weltbild schwankte und

erbebte und die Welt selbst, noch vor kurzen so voller Sinn und Schönheit, schien nun hohl und leer geworden zu sein.
In jener Nacht, nachdem er bitterem Abschied genommen hatte, war er lange allein auf dem Balkon seines Hauses gesessen, starrte traumverloren und voll bitterer Sehnsucht in die Dunkelheit, auf die leise schimmernden Kirschblüten des Obstgartens, lauschte dem sanften Lied der Blätter und sah den Sternen zu, wie sie ihre Bahn über den Himmel zogen.
Besetzt mit leuchtenden Schuppensternen kroch Draco, der Drache, über das dunkle Firmament, während seine feurigen Augen Etamin und Alwaid funkelnd auf die Erde herab starrten. Sagitarius, der Schütze, zielte auf den Adler, der mit weit ausgebreiteten Schwingen leuchtend in das Firmament stieg. Perseus trug die Himmelsfackel Algol über das finstere Firmament. Kassiopeia, die Königin der Nacht, saß auf ihrem diamantfunkelnden Thron und schaute auf den hellen, standhaften Polaris herab. Virgo, die Jungfrau, zog auf Ewig unberührt und einsam durch das dunkle Himmelsgewölbe. Im Westen kündete der untersinkende Löwe vom Ende des Frühlings.
Ja, die Zeit des Erwachens, die Zeit des Werdens war vorbei. Nun würde eine heiße Sonnenglut folgen, die dem Einsamen und Leidenden die Seele versengen würde.
Dort, hoch im Süden stand Herkules, der Sohn des Zeus, muskelbepackt und lässig auf seine Keule gestützt. In brennendem Verlangen und erfüllt von unstillbarer Liebe, verfolgte er auf Ewig die scheue Jungfrau Wega durch die unendlichen Himmelsfluren. Zu ihren Füßen saßen Ihre treuen Zofen Scheliak und Sulaphat und lauschten dem Spiel ihrer Lyra. Ebenso wie Cygnus, der Schwan, dessen Haupt mit dem leuchtenden Deneb geschmückt war. Vergeblich bot Herkules Wega die diamantfunkelnde Sternenkrone, um ihre Zuneigung zu gewinnen; vergeblich verzehrte auch er sich, in unsinniger Liebe.
Irgendwo in der Nacht schrie ein Tier, gepeinigt und von Todesangst gehetzt, qualvoll auf und riss ihn aus den Himmelssphären

auf die Erde zurück. Ein kalter Schauer lief ihm über den Rücken; die uralte Nachtangst der Tierheit durchzuckte sein Herz, gab Antwort dem Ruf aus den grauen Vortagen des Lebens. Fröstelnd füllte er das Glas noch einmal mit rotem Wein, hielt es gegen den Himmel und sah zu, wie sich das Sternenlicht geheimnisvoll in dem dunklen Burgunder brach, als glitzerten Rubine vom tiefsten Grunde des Meeres herauf. Spät war es und Stille lag über dem nächtlichen Land. Nur von Ferne drang leise und sacht das Rauschen des Waldes an sein Ohr, der, vom Winde sanft gewiegt, zärtlich sein Nachtlied sang. Häuser, Bäume und Felder atmeten Frieden und Ruhe; die Menschen lagen tief schlafend in ihren Betten. Einsam wachte nur er, Demetrius, der Freund und Genosse der Sterne, der Bäume und der gequälten Tierheit.

Er schien in diesem Augenblick selbst Tier, dachte nicht mehr, trieb nur mehr willenlos im Strom der Welt, ganz erfüllt von der Einsamkeit des Augenblicks, von Vergänglichkeit und einer leisen, undefinierbaren Sehnsucht.

Plötzlich strömten Worte durch sein Gehirn, durchzuckten Rhythmen seine Seele, sang sein Herz eine leise Melodie. Ein Gedicht begann sich in ihm zu formen, geheimnisvoll, plötzlich und klar. Leise sprach er Strophen vor sich hin. Traurig spielte seine Seele die Lyra, bezauberte sich selbst, tröstete sich selbst. Während er noch lange so dasaß, auf eine melancholische Weise trunken vom Wein und der späten Stunde, vergaß er die Strophen wieder. Erst später, als er schon im Bett lag und das fahle Licht des neuen Tages über den Horizont gekrochen kam, fielen sie ihm wieder ein. Noch einmal stand er auf und schrieb sie nieder, halb im Schlaf, halb schon träumend.

Noch jetzt trug er das kleine Stück Papier aus jener Nacht sorgfältig verwahrt bei sich, trug es hier im rasenden Zug, dem Süden zu. Er holte das Blatt aus seinem Portemonnaie, entfaltete es und las jene kurzen Verse, von seiner eigenen Hand geschrieben, zum hundertsten Male durch:

Überall kurzes Glück
Im Liebestanz der Lippen,
in Blüten so blau.

Lebe nicht für Glück,
noch für das Gold der Sterne
im ewigen Raum.

Und bald verlischt schon
Glanz und Hoffnung der Seele
wenn Liebe zerbricht.

Ja, kurzes Glück hier
und überall und immer
wo Menschen leben.

Ja, überall und stets fand er nur kurzes Glück, auch in dem geilen Liebestanz ihrer Lippen, auch vorher schon, in den Sternen, in den Büchern, in der Welt des Geistes. Und auch diese Fahrt in den Süden war letztendlich nichts anderes, als eine trunkene Suche nach Glück. Diese Reise war der kindliche Versuch noch einmal ein solch trunkenes Augenblicksglück zu erleben, wie bei jenem Fest auf der Burgruine. Und doch jagte er wohl vergeblich den goldenen Schrein.
Wie schön waren diese Zeilen, die seine Seele in dunkler Nacht ihm zugesungen hatte. Sagten sie nicht alles, was es zu sagen gab? Diese wenigen Worte waren ihm unendlich teuer, denn sie waren das einzige das ihm, nebst seinen Erinnerungen, von Anna geblieben war. Er besaß kein Foto, keinen Brief, keine Haarlocke von ihr, nichts was er an seinem Herzen zum Gedenken an seine Geliebte hätte tragen können. Nichts! Nichts! Nichts! Nur noch dieses kleine, armselige Gedicht, das er gerne hingegeben hätte für

eine einzige Haarlocke von ihr, für ein Tuch das sie einmal getragen und an dem ihr Duft klebte, oder das sie bloß mit ihren Fingern berührt und so für ihn geheiligt und erhoben hätte.
Was war das für ein Fluch, der jedes Glück so vergänglich und zerbrechlich und jede Liebe so flüchtig und scheu wie einen wilden Paradiesvogel machte? Oder ging es nur ihm so? Litten andere nicht, wie er, unter der Vergänglichkeit und Unerreichbarkeit alles Schönen und Erstrebenswerten?
Anna hatte schnell Ersatz gefunden. Sie, die Abenteuerin, hatte einen Anderen gefunden, der sie in den Arm nahm, der ihr Wärme gab, während Demetrius fürchtete in seiner Einsamkeit zu erfrieren. Sie war ihrem Stern gefolgt, wie andere Menschen anderen Gestirnen folgen, geleitet durch einen untrüglichen Instinkt; ohne danach zu fragen, wohin es ging oder welchen Sinn das alles machte - ohne darüber nachzudenken. Nur Demetrius wusste keinen solchen Stern, dem er folgen konnte; es war ihm, als wären Feuerklüfte zwischen ihm und den restlichen Menschen aufgerissen. Er fühlte eine grenzenlose Vereinsamung, so als könnte sein Schicksal an nichts und niemanden auf dieser Welt mehr teilhaben. Es war ihm als würde er verlassen im luftleeren Weltraum zwischen ausgebrannten Sonnen schweben. Ja, es war ihm, als wäre er nur ein unbeteiligter Zuschauer, der dem Spiel, das andere Leben und Liebe und Gemeinschaft nannten, verständnislos und ausgeschlossen zusah. Eine verkrüppelte, einsame und isolierte Seele unter Menschen, die instinktiv den Sinn des Lebens zu erfassen schienen, ohne danach zu fragen.

Noch immer fuhr der Zug zu Füßen der Berge dahin, doch schon schien der Himmel blauer zu sein, schon klangen die Namen der Haltestationen fremd und melodisch, schon grüßte der Süden mit einem milden Hauch herauf, der die Täler leicht und heiter erfüllte.
Da war dieses Mädchen in das Abteil gekommen und hatte sich schräg gegenüber an das Zugfenster gesetzt. Sie war eine südländische Schönheit und Demetrius fühlte, wie eine schmerzhafte

Augenblicksbegierde in ihm empor keimte. Ihre Augenbrauen waren in einem feinen Bogen nach oben geschwungen, herrisch und stolz, wie bei den Feen und Zauberinnen seiner Kindheit. Ihr Haar schien ihm schwärzer als das Gefieder des Raben zu sein, schwärzer als irgend etwas auf dieser Welt, ausgenommen dieses Haar. Ihre, dunkle, sonnengebräunte Haut schien so unendlich zart zu sein, als sehne sie sich nach den Berührungen einer streichelnden Hand. Ihre nackten Arme bedeckte ein ganz leichter, heller Flaum, blonde Goldhärchen, die in der Sonne wie von einem leisen Zauber berührt glitzerten und funkelten.
Nur wie von ungefähr, nur gleichnishaft und die Phantasie beflügelnd, zeichneten sich die weiblichen Formen ihres Körpers unter dem leichten Kleide ab, das nach Sommer und Mädchenblüte duftete. Das Abteil war ganz erfüllt von ihrer Weiblichkeit, von Eros und der Magie des Augenblicks.
Einmal, da trafen Sich ihre Blicke wie zufällig. Demetrius schaute für Sekunden in klare und tiefgründige Augen, die ruhig und hell wie unergründliche Bergseen in der Mittagssonne dalagen. Da lächelte sie ein wenig, senkte ihren Blick kokett zu Boden und sah dann wie gleichgültig aus dem Fenster hinaus. Demetrius wagte nicht sie anzusprechen. Er fürchtete Worte würden diesen heiligen Augenblick zerstören, der ganz erfüllt war von dem uralten Zauber der Geschlechtlichkeit. Lieber schwieg er, und verlor so jede Chance sie näher kennenzulernen, als dass er diese Begegnung entweihen wollte. Nein, was hätte er ihr auch sagen sollen. Alles was ihm einfiel erschien ihm lächerlich und unwürdig. Ach, wie liebte er in diesen kurzen, rasch verwehenden Augenblicken dieses herrliche, schwarze Mädchen, diese Unbekannte, die ihm doch auf ewig fremd bleiben würde. Demetrius wusste später nicht mehr zu sagen, wie lange sie sich so gegenüber gesessen waren; schweigend, jeder von der Atmosphäre des Augenblicks erhitzt, jeder auf ein Wort des anderen hoffend. Aber schließlich hielt der Zug an einem kleinen Bahnhof, mit einen Namen, der wie Monte Lupo klang. Da stand die schöne Italienerin auf und angelte ihre

Reisetasche von der Gepäckablage; zu schnell und gewandt, als
das Demetrius ihr hätte helfen können. Er hielt ihr die Tür des
Abteils auf, worauf das Mädchen ihn mit einem gehauchten Grazie
beschenkte. Auf sein heißeres "Ciao" verabschiedete sich das
Mädchen mit einen zärtlichen Blick und einen leichten Gruß ihrer
Hand, mit der sie fast sein Gesicht berührte. Dann war sie auch
schon irgendwo zwischen den engen Gassen verschwunden;
zwischen den Häusern des Städtchens, das ihr Heimat sein mochte,
in dem sie vielleicht Eltern, Freunde und einen Geliebten hatte
oder das ihr fremd und feind war und in dessen kalter Luft der
Einsamkeit und Ablehnung gegenüber der Fremden ihre Seele
erfror. Wie seltsam und traurig ist es doch, dass wir so wenig vom
Schicksal der anderen wissen. Auf ewig bleiben die Seelen der
Menschen voneinander getrennt. Auf ewig blüht in ihnen die
Sehnsucht nach Vereinigung. Liebe, Freundschaft und jede
Gemeinschaft erfüllt uns nur für kurze Augenblicke ganz. Wie
schnell blüht die Liebe auf, wie schnell verwelkt sie wieder!
Überall wohin man blickt, nur dieses kurze, flüchtige Glück in
einem grauen, endlosen Meer der gleichgültigen Zeit.
Er hatte dieses Mädchen in diesen kurzen, herrlichen Augenblicken ebenso glühend und taumelnd geliebt, wie er Anna geliebt
hatte. Nur ein wenig anders, scheuer und leiser, doch ebenso
entbrannt, ebenso sehr vom Zauber ihrer Geschlechtlichkeit
umschlungen, wie es bei Anna der Fall gewesen war. Seltsam! Ja,
vielleicht ist es sogar dies, vielleicht ist der Mensch, den wir
lieben, sei es nur für einen kurzen Augenblick, sei es für das
Leben, immer nur Mittler und Symbol für diesen uralten Zauber
der Geschlechtlichkeit, für die ewige Liebe selbst, für die
lebensspendende Urmutter. So wie ein Kunstwerk Mittler und
Symbol für die Idee, für die innere Welt des Künstlers ist, die
unsichtbar doch allgegenwärtig hinter diesem Kunstwerk steht und
mit ihm verwoben ist.

Der Zug war schon eine gute Stunde fort gerollt, als Demetrius aus seinen Gedanken und Träumen erwachte. Längst waren die hohen Alpengipfel hinter ihm geblieben. Aus den schroffen Felswänden waren sanft geschwungene Weinberge geworden. Der azurblaue, italienische Himmel grüßte in heiterer Gelassenheit, und Demetrius spürte plötzlich, seit langem zum ersten Mal wieder, eine Ahnung von der Möglichkeit und Erreichbarkeit der heiteren Leichtigkeit des Seins. Unter diesen lichten Himmel, so schien es ihm, gedeihen keine düsteren Gedanken, keine nordländisch finstere Metaphysik, kein blutleerer Glauben, keine kalte Intelligenz. Hier schien kein ahnungsvolles Fühlen der dunklen Tiefen der Welt möglich. Der Geist, der hier gedeiht, ist ein anderer, ein heiterer und gelassenerer Geist. Ein Geist wie der der Renaissance, der Geist eines Michelangelo und eines Botticelli, eines Raffael und eines da Vinci. Alles schien ihm, in diesem kurzen, erlösenden Augenblick, durchdrungen von einer heiteren, leichten Schönheit, die so ganz anders war, als die alles durchdringende Melancholie und Kühle des Nordens. Hier, so schien es ihm, wäre Freude und Heiterkeit zu finden. Hier - oder nirgendwo.

II; Kapitel

In Florenz war alles von einer glühenden Hitze durchdrungen - die Mauern der Stadt, das Pflaster der Straßen - die Frauen. Die Tage waren wie glutflüssiges Blei und durchloderten Demetrius´ Seele, die bald von hellem Feuer entflammt war. Ganze Nachmittage ließ er verstreichen.ohne irgend etwas zu tun, außer durch die Straßen zu schlendern oder an den Ufern des Arno zu sitzen. Träge zog der grünliche Strom unter den hohen Fassaden der Häuser und den weiten, steinernen Bögen der alten Brücken dahin. Wie bunte Gebetsfahnen grüßten die farbigen Fensterläden der Ponte Vecchio zu ihm herüber. Auf einem der Fenstersimse über ihm, lag eine schöne, schwarze Katze, den Tag im Schatten des Fensterstockes verschlafend. Eine Malerin bot kleine, bunte Aquarelle den Passanten zum Kauf an. Ein kleines, großäugiges Mädchen leckte an einer riesigen Eistüte, die sie kaum mit ihren kleinen Händen umfassen konnte. Überall in den Straßen und Gassen wogte südländisches Leben an ihm vorbei, so dass Demetrius bald von einem Taumel und Rausch der Sinne erfasst wurde, von einem ungeheuer intensiven Lebensgefühl, wie er es selten zuvor empfunden hatte.
Auf der Piazza della Signoria verbrachte er heiße und verträumte, fast unwirklich erscheinende Stunden. Er sah dem Treiben emsiger Touristenscharen zu, die mit dicken Reiseführern in der Hand, in wenigen Stunden durch die Stadt hetzten. Durch ein offenes Fenster drang Klaviermusik herüber, dahinter tanzten Ballettmädchen in weißen und roten Röckchen; ein paar Droschkengäule vergruben ihre Köpfe tief in prallen Futtersäcken, und über all dem Treiben ragte die Kopie des David in flammenden Weiß empor. Oft saß er stundenlang unter den silbernen Wasserfontänen des Neptunbrunnens und atmete die wasserschwangere Luft. Einmal spielte er mit einer Katze, die einer Florentinerin gehörte, die sich mit nackten, braunen Schultern für einige Zeit neben Demetrius

gesetzt hatte und von deren Reden er nicht viel mehr verstand, als dass die Katze Alicia hieß. Abends saß er unter dem grünen Dach der Bäume auf einer Bank an der Piazza San Marco und sah dem Spiel der abendlichen Sonnenstrahlen in den Haaren vorbeihuschender Mädchen zu. Ein Bild, das ihm so märchenhaft und schön erschien, wie in den Erzählungen seiner Kindheit Goldregen und Sternenstaub. So vergingen die Stunden und Tage in Florenz in schwindelnder Eile, verwehten wie leise Melodien.

Und dann war da jener Tag gekommen, an dem die Sonne noch heißer auf die uralten Mauern der Stadt brannte. Die Luft war schwer und wie von Elektrizität geschwängert. Jeder Gedanke in Demetrius Kopf verglühte in der Hitze der flammenden Luft. Mechanisch und roboterhaft lief er durch die Straßen der Stadt. Zur Qual wurde ihm jeder Schritt, schwitzend bahnte er sich einen Weg durch die, sich mühsam dahin schleppenden, Menschenmassen, die sich über das glühende Straßenpflaster wie ein endloser Strom vorwärts schoben.
Endlich flüchtete er sich in den Boboli Garten, wo er etwas Schatten und Kühle zu finden hoffte. Keuchend erklomm er die Stufen des Gartens, die einen steilen Hügel hinauf führten, der mit hohen, immergrünen Gebüsch, mit schlanken, blauschwarzen Zypressen, mit Eukalyptus und Lorbeer kunstvoll bepflanzt war. Helle Mauern und weiße Statuen blickten aus tiefdunklen Hainen hervor. Im fauligen Wasser des Goldfischteiches schwamm ein, schon in Verwesung übergehender Fischkadaver, an dem seine Artgenossen, sonst unsichtbar in grünen Tiefen verborgen, von Zeit zu Zeit nagten.
Entkräftet setzte sich Demetrius auf eine schattige Bank. Wie ein loderndes Signum stand der glutflüssige Totenkopf der Sonne über seinen ausgebrannten Schädel, und wie dunkle Urwaldtrommeln hämmerte das heiße Blut gegen seine Schläfen. Über ihn wand sich geiles Laub durch die bleierne Hitze, taumelte trunken in der flimmernden Luft.

Dieser tolle, flackernde Sommer hatte sein Innerstes, lang Verborgenes, nach Außen gekehrt. Was lange schlief und unterdrückt war, brach nun in einer ungeheuren Woge der Begierde über ihn herein. Er war irrsinnig geworden, er war nur Tier, nur mehr geiler, lodernder Satyr. Lüstern scharrte er mit seinen Hufen im Dreck. In den Büschen liebten sich kleine, braune Käfer. Dionysos trieb in wilder Hast vorbei. Steil ragten spitze Büsche gen Himmel.
Wie ein Messer, scharf und schmerzhaft, drangen vorüber eilende Frauenbeine in sein Bewusstsein vor. Unter einem hüpfenden Rocksaum spannte sich braungebrannte Haut über straffen, herrlichen Muskeln. Wie in Trance sah er lange vorbei wippenden Brüsten und flatternden Frauenhaaren nach. Die Welt bestand nur noch aus Hitze, Sinnlichkeit und grenzenlosem Verlangen.
So aufgeladen, von Hitze und Lust, voll wilder Gier, hungrig und lüstern, streifte er nachts durch die finsteren Gassen der Stadt wie ein hungriger Wolf; ohne Ziel, getrieben von einer dunklen Macht, die wie ein Dämon in seiner Brust wütete.
Jedes Mädchen, jede Frau, der er begegnete, wurde ihm brennende Verheißung, war ihm Treibsatz für das Feuerwerk seiner Sinne. Längst war er nur noch ein willenloser Roboter, längst hing er wie eine Marionette an den Fäden der Lust, die von einem dämonischen Puppenspieler gezogen wurden, der zu seinen grotesken Verrenkungen höhnisch lachte.
Mein Gott, was war denn bloß geschehen? Noch vor ein paar Wochen hatte er das Leben eines Eremiten geführt, dessen ganzes Glück es war, still und fromm der leuchtenden Bahn des menschlichen Geistes durch die Jahrtausende zu folgen. Genügsam lebte er und fand sein ganzes Glück im Nachdenken eines Gedankens Schopenhauers, in der Betrachtung eines Gemäldes von van Gogh, in der Musik eines Mozart oder Beethoven. Und doch war stets ein dunkler Rest in seinem Inneren geblieben, ein Rest, den er nicht wahrhaben wollte und der mit der Zeit immer mehr anschwoll, immer drohender wurde, immer fordernder nach Freisetzung rief, wie das aufgestaute Wasser hinter einem Stau-

damm. Ja, alles ungelebte Leben, alle verdrängte Begierde, hatte sich zu einer ungeheuren Flut angestaut. Nun waren die Dämme gebrochen und die alles verschlingenden Strudel über ihn herein gestürzt.
Vielleicht, so überlegte er, hätten sich diese Fluten bis zu einem gewissen Zeitpunkt noch kanalisieren lassen, in weniger chaotische und geordnetere Bahnen lenken lassen. Doch nun war es zu spät, nun wurde er von der wilden, rohen Fluten seines Inneren hinweg gespült und hilflos umher getrieben. Irgendwann hätte er kämpfen müssen, bis zu einem gewissen Zeitpunkt hatte er das Gesetz des Handelns noch in seinen Händen gehalten, hätte er sein Schicksal noch ändern können. Aber dies war versäumt worden und nun lief alles mit einer unerbittlichen und fest determinierten Mechanik ab - aus eigener Kraft nicht mehr zu ändern.

Der Lärm und das gedämpfte Licht aus einer Kneipe, die auf die Straße drangen, zogen ihn an. Ohne zu überlegen, trat er ein. Eine Wolke aus Tabakqualm und der säuerliche Geruch von Alkohol schlugen ihm entgegen. Wie von einer dunklen Macht gezogen, suchte er sich einen Weg durch das Gewühl der Leute, die ihm taumelnd auswichen. Am Tresen bestellte er sich einen Whiskey mit Eis, trank ihn auf einen Zug leer, schnappte nach Luft und bestellte einen weiteren. Er starrte sekundenlang auf die funkelnden Eiswürfel, die im Whiskey schwammen und in denen sich das schummrige Kneipenlicht sprühend brach, so als suchte sein Geist in diesem Anblick Stille und Kontemplation. Doch kein Gedanke wollte sich in seinem Gehirn formen; er glotzte nur blöde auf das Glas in seiner Hand, beobachtete wie das Eis langsam schmolz und nippte von Zeit zu Zeit an dem scharfen Alkohol. Er fühlte sich ausgebrannt und leer, und nur das Gefühl der lodernden Begierde erfüllte ihn in diesem Augenblick ganz. Unwillkürlich wanderten seine Blicke suchend durch das Lokal und verloren sich bald in dem Menschengewühl. Nur für Sekunden blieben sie irgendwo hängen, erfassten willkürlich irgendwelche Details.

Zwei junge Burschen, die sich an einem der Tische lauthals stritten. Ein alter Mann, der ein Glas. mit Alkohol an seine rauen Lippen setzte. Ein Mädchen mit langen, hellblonden Haaren, in einem engen, roten Kleid, das ihm den Rücken zukehrte und einen der Glücksspielautomaten bearbeitete. Er sah, wie sich die Räder drehten, die Lichter blinkten und sah, wie sich das schmale Gesicht des Mädchens fahl in der Glaswand des Automaten spiegelte. Mit zitternden und nervösen Fingern zog sie von Zeit zu Zeit an einer Zigarette und blies den Rauch gegen den blinkenden Glücksspielautomaten. Ihre dürren Arme und Beine stachen seltsam insektenhaft aus dem Kleide. Er sah verschwollene Gesichter rot über den Tresen schweben. Über seine Schulter hinweg rief jemand dem Wirt hinter der Theke seine Bestellung zu. Seitlich von ihm blinkte plötzlich ein goldenes Kettchen an dem Handgelenk eines Mannes auf und sandte seine kleinen Blitze in Demetrius Pupillen.
Das Spiel des Mädchens an dem Glücksspielautomaten schien jetzt vorbei zu sein. Bösartig blinkten rot leuchtende Nullen im Feld der elektronischen Kreditanzeige. Das Mädchen schlug mit der flachen Hand, die noch immer die brennende Zigarette zwischen schlanken, ausgestreckten Fingern hielt, gegen die, mit einen höhnisch klingenden Ton, erlöschende Leuchtanzeige des Automaten. Mit katzenhaften Bewegungen stieg sie von dem hohen Barhocker. Im Umdrehen zog sie mit einer kurzen, automatischen Bewegung ihr Kleid zurecht und setzte sich dann an den Tresen, keine zwei Schritte von Demetrius entfernt. Für Sekunden trafen sich ihre Blicke. Demetrius schaute in zwei hellblaue Augen, die, so schien es ihm, eine gefährliche, eisige Schönheit ausstrahlten, Er versuchte ein Lächeln, das jedoch eher ein krampfhaftes Grinsen wurde, während heiße und kalte Schauer durch ihm hindurch jagten und eiserne Fäuste seinen Magen zusammen zu pressen schienen. Auf dieses blöde Grinsen hin sah das Mädchen ihm ernsthaft und stolz in die Augen. Dann wandte sie sich gleichgültig von ihm ab und bestellte irgendeinen grünlich,

blauen Cocktail, von dem sie dann in langsamen und genügsamen Zügen trank, während sie wieder tief und gierig an ihrer Zigarette zog. Demetrius beobachtete sie von der Seite. Es war ihm beinahe unmöglich seinen Blick von ihr zu wenden. Straff hoben sich die Konturen ihres Körpers gegen den dünnen, roten Stoff des Stretchkleides ab. Wieder fielen ihm diese langen und dünnen Spinnenarme auf und irritierten ihn. Es war als passten sie nicht zu den restlichen Proportionen ihres Körpers, so als gehörten sie irgendwie gar nicht zu ihr, denn alles andere sprach von einer beinahe adlig zu nennenden Schönheit. Ihre Bewegungen, das blasse, schmale Gesicht mit den edlen, nach oben geschwungenen Augenbrauen, der Blick ihrer blauen Augen, die Art wie sie ihre Haare trug, alles zeugte von einem beinahe aristokratischen Stolz und einer vornehmen Kälte.
Nun hatte sie die Zigarette zu Ende geraucht und drückte sie im Aschenbecher aus, der zwischen ihr und Demetrius stand. Dabei musste sie sich ein wenig zu ihm hinüber beugen und Demetrius roch mit einem Mal dem betörenden Duft ihres Parfums. Blitzartig schoss ihm die Erinnerung an Annas Geruch durch den Kopf, wie er nach einer Liebesnacht oft den ganzen Tag den Duft ihres Parfums auf seiner Haut gerochen hatte. Sekundenlang blickte er traumverloren auf den zerknitterten Filter, der inmitten verstreuter, grauer Aschehäufchen emporragte Und oben ganz rot und feucht von ihren grell geschminkten Lippen war. Irgendwo in ihm tauchten wilde Gedanken und Phantasien empor. Er stellte sich vor, wie es wäre diesen Mund zu küssen und von ihm wieder geküsst zu werden; wie es wäre den stolzen Widerstand dieser Lippen zu brechen und ihren Körper willenlos und besiegt in den Armen zu halten. Noch vor wenigen Wochen, bevor dieser verrückte, glühende Sommer begonnen hatte, hätte er sich gefragt, was ihm der Stolz dieses Mädchens anginge; er hätte sich gesagt, dass ihm dieses Mädchen nur Unglück, bringen könne, dass sie ihn erniedrigen und demütigen würde. Aber die Zeit, in der sein Verstand übermächtig gewesen war und seine Gedanken und

Handlungen bestimmte, war längst vorbei. Nun folgte er bedingungslos dem lockenden Ruf des Lebens, nun gehorchte er nur noch willenlos den blinden Trieben seines Inneren.
Als er wieder aufblickte, sah er gerade noch, wie das Mädchen das Glas wieder an die Lippen setzte und einen ihrer winzigen Schlückchen machte. Danach angelte sie sich erneut eine Zigarette aus der vor ihr liegenden Schachtel und zündete sie an. Tief ein- und ausatmend blies sie den Rauch über die Theke hinweg ins Leere. Demetrius konnte einfach nicht anders. Etwas zwang ihm, sie anzusprechen.
"Scuzi Signorina, mio italiano e molto male. Do you speak English?"
Das Mädchen nickte nur und warf ihm einen kurzen, abschätzenden Seitenblick zu. Demetrius fragte sie, was das denn sei, was sie da trinke. Er frage eigentlich nur, weil er einen solchen Cocktail vielleicht auch einmal probieren möchte. Zumindest habe er eine interessante Farbe. Außerdem machte er ihr Komplimente, fragte sie, ob sie wisse, welch edle Schönheit sie besäße und ob sie vielleicht von irgendeinem alten florentinischen Adelsgeschlecht abstamme, von den Medicis oder den Sforzas vielleicht. Aber das waren ja eigentlich keine Florentiner. Nun, ja ...
Er redete und redete, es sprudelte nur so aus ihm heraus, was ihm beinahe selber erstaunte und wohl eine Wirkung des genossenen Alkohols war. Behutsam wagte er sich immer weiter vor, machte bald zweideutige Anspielungen und hätte sie am liebsten gerade heraus gefragt, ob sie mit ihm schlafen wolle. Doch das Mädchen gab nur kurze, knappe Antworten, in denen ein spröder, abweisender Ton mitklang. Plötzlich sagte sie, den Redefluss Demetrius' schroff unterbrechend: *„Lend me some money. I want to make a game of hazard."*
Ohne zu überlegen, griff Demetrius in die Tasche und schob ihr einen großen Geldschein über den Tresen zu. Er hätte in diesem Augenblick alles getan, was diese Frau ihm befohlen hätte. Diese strengen, stolzen Augen hatten bereits Macht über ihn gewonnen,

ohne dass er es gemerkt hatte. Erst als sie den Geldschein zu sich nahm und ihn dabei geringschätzig, ja, beinahe feindselig anblickte, wurde ihm schlagartig bewusst, dass er etwas Dummes getan hatte. Anstatt zu kämpfen, anstatt diesen stolzen Willen zu brechen, hatte er sich untergeordnet, hatte Schwäche gezeigt. Er hatte ihr Geld gegeben und geglaubt, sie so gewinnen und einnehmen zu können und weil er fürchtete, sie würde sonst ihrer Wege gehen. Doch dieses Mädchen, das sah er deutlich, ließ sich nicht kaufen. Besiegen hatte er sie wollen. Er hatte davon geträumt, sie willenlos in seinen Armen zu halten - ha! Aber er hatte Schwäche gezeigt und war nun selbst besiegt worden. Seit Anna ihn verlassen hatte, glaubte er mehr und mehr, dass ein Fluch auf ihn lastete, der ihn zum ewigen Verlierer im Kampf der Geschlechter machte.

Traurig sah er ihr zu, wie sie mit wilden Eifer den blinkenden und jaulenden Glücksspielautomaten bearbeitete. Jede Nervenfaser ihres Körpers war auf das Höchste angespannt. Ihr Gesicht verriet äußerste Konzentration. Es schien ihm beinahe so, als befände sie sich in einer Art von Trance oder Ekstase, so als würde die Welt um sie herum nicht mehr existieren, sondern nur noch ihr gespannter Wille und die sich drehenden Glücksräder, die mit ihren kindlichen Symbolen Gewinn oder Verlust anzeigten. Lange sah er ihr zu. Sah wie schön dieses gespannte und konzentrierte Gesicht war. Wie unerreichbar, wie fern, war sie ihm jetzt schon geworden, gerade jetzt, da die Konzentration und Anspannung ihr Gesicht so sehr verschönte, dass sich sein Herz schmerzhaft verkrampfte.

Da trat von hinten ein zweites Mädchen an die Schöne heran, umfing ihre Taille mit den Armen und küsste von hinten ihren Hals. Die Schöne wandte sich von dem Automaten ab und die beiden Mädchen begrüßten sich mit einen Kuss auf die Lippen. Die Schöne flüsterte der Zweiten etwas ins Ohr, lächelte dabei und deutete mit dem Kinn zu Demetrius herüber. Da kamen beide zu ihm an den Tresen. Die Schöne legte ihre Hand auf seine Schulter und sagte auf Englisch zu ihm:

"Sorry, aber ich mache mir nichts aus Männern. Und 'schon gar nicht aus solchen, die glauben Liebe kaufen zu können. Ciao! Fuck yourself!"
Dabei lachte sie hell auf, nahm das andere Mädchen an die Hand und zusammen verließen sie das Lokal, einander mit dem Zauber von Lesbos umfangend.

Demetrius saß da, als hätte ihn jemand mit dem Hammer auf den Kopf geschlagen. Er war vollkommen besiegt. Dieses Teufelsweib hatte ihn gedemütigt und erniedrigt und ihm so das Lächerliche seines Zustandes deutlich gemacht. Ja, er wusste nun, er war ungeheuer komisch in seiner dämonischen Getriebenheit und Gott lachte zu seinen grässlichen und grotesken Verrenkungen. Grimmig bestellte er sich einen Whiskey, dann noch einen und noch einen. Es blieb ihm nur noch, sich zu betrinken, so schnell wie möglich. Denn die dumpfe Leere des Alkoholrausches schien sich noch besser ertragen zu lassen, als diese bohrende Selbstverachtung, als diese fieberde Getriebenheit, dieses lodernde Feuer seiner Begierde, das ihm zum Idioten und zum Tier machte. Er war ein glückloser Don Juan, ein lächerlicher Priapos, ein in Weltschmerz versunkener Lord Byron und ein verbrecherischer Raskolnikow. In wilder Hast, fast so als wäre er irrsinnig geworden, leerte er ein Glas nach dem anderen. Doch der Alkohol tat diesmal nicht seine gewohnte, betäubende Wirkung. Es schien vielmehr als hätte er noch Öl in das lodernde Feuer seiner Seele gegossen. Zu schnell, zu gierig hatte er den scharfen Alkohol getrunken. Plötzlich begann sich alles um ihn zu drehen. Seine Magengrube brannte und zuckte in wilden Krämpfen. Wie ein heißer Schirokko fuhr ihm Übelkeit in die brennenden Eingeweide. Es war ihm, als bekäme er keine Luft mehr. Wie im Vakuum pumpte seine Lunge vergeblich. Luft! Luft! Nur raus hier! Hastig warf er irgendeinen großen Geldschein auf den Tresen und bahnte sich einen Weg durch das Menschengewühl nach draußen. Gierig zog er die abgestandene Luft der immer noch blutwarmen

Nacht durch den weit geöffneten Mund in seine Lungen. Keuchend wie ein erschöpfter Marathonläufer stand er lange, mit den Rücken an eine Hauswand gelehnt, da und fühlte, wie das hastig schlagende Herz seinen Brustkorb erschütterte. Endlich bekam er wieder Luft, und seine Lungen und sein Herz beruhigten sich; doch noch immer brannte es in seinen Eingeweiden wie flüssiges Feuer. Taumelnd wankte er durch die nächtlichen Gassen der Stadt, ohne Ziel, kaum mehr von der Welt registrierend, als das lodernde Feuer in ihm. Vor sich hörte er plötzlich ein leises Plätschern. Der Silberne Wasserstrahl eines Brunnens glitzerte leise im Licht der Nacht. Stolpernd ging er zum Brunnen und beugte sich herab, um zu trinken. Gierig sog er das kühle Nass in sich hinein, so als wäre er seit ewigen Zeiten durch öde, glühende Wüsten gewandert. Kühlend rann das Wasser durch seine brennende Kehle.

Als er sich wieder aufrichtete, drehte sich alles um ihn. Die Giebel der Häuser wirbelten um seinen Kopf, als wären sie irrsinnig geworden und der Boden schien unter seinen Füßen zu wanken. Das Wasser bekam ihm recht übel. In einer dunklen Ecke übergab er sich, spie Wasser und Whiskey in Krämpfen auf das staubige Straßenpflaster. Erschöpft sank er in den Schmutz der Straße. Tränen liefen ihn über die Wangen, ohne dass er es merkte. Voller Wut und Abscheu vor sich selbst, ballte er die Fäuste und reckte sie drohend gen Himmel. Sinnlos stammelte er immer wieder die Worte "O, Gott! O Gott. O, Gott...!" vor sich hin wie ein kaputter Automat. Warum musste er die kurzen Augenblicke des Glücks, die er mit Anna erlebt hatte, nun so teuer, mit soviel Leid und Schmerz bezahlen; ein Glück, das seit langer, langer Zeit das einzige Glück gewesen war, das ihm von außen, von anderen Menschen, zuteil geworden war, das nicht aus ihm selbst heraus gewachsen war, das sich nicht in ihm selbst gebildet hatte. Nun ja. Nun hieß es bezahlen. Nun erst fühlte er die Einsamkeit, in der er gelebt hatte und nun wieder lebte, bitter und schmerzhaft. Nun erst war sie ihm unerträglich geworden.

Anna hatte wie ein kleines Mädchen mit dem Feuer gespielt, hatte ihn entflammt und nun lodernd zurückgelassen; sie hatte das Feuer entfacht in dem er sich jetzt verzehrte; sie hatte das Eis, den Panzer seiner Seele, aufgebrochen; nun strömte alles was sicher geborgen schien, heraus. Ganz erfüllt war er von den taumelnden Bildern seiner Seele, von den erschreckenden Urtypen seines Innern. Nein, es war nicht nur Gutes und Schönes, was da heraus strömte und an das helle Sonnenlicht seines Bewusstseins gelangte. Es gab auch unendlich viel Erschreckendes, Hässliches und Dämonisches, was da ans Licht kam, Neben märchenhaften Fabeltieren tauchten da auch grausige Monstrositäten, neben dem Heiligen, tauchte der Verbrecher, neben dem Liebenden, der Wollüstling auf. Und alles tanzte einen wilden Reigen und drohte ihm Sinne und Verstand zu rauben. Teufel und Dämonen rissen an seinem blutigen Herzen, Ungeheuer zerfraßen sein Inneres, Schlangen wanden sich um seine Seele, die im Ersticken verzweifelt um Hilfe schrie.

Dieses ganze rasende, wütende Heer war in seinen Inneren verborgen gewesen, sorgsam verwahrt und eingeschlossen in einen Käfig aus Konvention und bis heute hatte er die Fassade für das Eigentliche genommen. Nun, da er in all diese Urfratzen und in die schauerlichen Gesichter seines Innern blicken musste, fürchtete er wahnsinnig zu werden, zu morden oder Selbstmord zu begehen. Er war in einen eigenartig schwebenden Zustand geraten. Es gab keine Zeit mehr für ihn. Er dachte nicht mehr an das, was Morgen oder in einem Jahr sein würde; er dachte auch nicht mehr an die Vergangenheit, an das, was er einmal gewesen war. Es schien ihm, als wäre er erst ein paar Wochen alt. Er war in jener Nacht geboren worden, als Anna einsam und verlassen zu ihm gekommen war und Trost gesucht hatte. Der Mensch, der er gewesen war, existierte nun nicht mehr für ihn, nicht einmal mehr in seinen Erinnerungen. Vielleicht würde dieser Demetrius Friedensreich wieder auferstehen; vielleicht würde er eines Tages wieder das Leben eines normalen Menschen führen. Eines Menschen, der ebenso sehr in der Gegenwart, wie in Vergangenheit und Zukunft

existierte. Vielleicht - irgendwann.
Doch jetzt führte er das Leben eines Wilden, eines Menschen, dessen Zeitbegriff ein anderer war, als bei anderen Menschen; eines Menschen, dessen Ich im glutflüssigen Urzustand war und sich stetig veränderte. Immer wieder überfielen ihn wilde Gefühle, zerrissen sein Herz, fielen ihn an wie blutrünstige Wölfe, derer er sich nicht erwehren konnte. Das alles war kaum mehr zu ertragen und doch trieb es ihn immer weiter und doch loderte es immer heißer in ihm empor. Es war wie ein Rausch, der seinen Verstand betäubte und er wusste nur mehr, dass das alles einmal ein Ende nehmen musste, auf welche Weiße auch immer.
Demetrius spuckte vor sich in den Staub der Straße. Mühsam erhob er sich. Nun erst, plötzlich, fühlte er eine bleierne Müdigkeit in seinen Knochen. Unschlüssig blickte er um sich. Wohin? Er sah auf die Uhr an seinem Armgelenk. Es war spät geworden. Ein einsames Auto fuhr vorbei und blendete ihn für Augenblicke mit seinen grellen Scheinwerfern. Im Dunkel der Nacht huschten nur mehr wenige Menschenschatten durch die Gassen, die wie enge Talschluchten zwischen Licht und Schatten schwammen. Müde und leer schleppte er sich über das uralte Kopfsteinpflaster der Stadt. Unbewusst und automatisch die Richtung zu seinem Hotel einschlagend. Schemenhafte Gedanken durchzuckten sein müdes Gehirn. Völlig verändert sah die Stadt in der menschenleeren Nacht aus. Vornehm und ruhig schlief die Stadt und doch auch heiter und stolz, wie ein alter Aristokrat; auch im Schlaf noch die uralte Tradition der Jahrhunderte atmend. O, er kannte auch andere Städte. Städte, die ihm verhasst waren. Gesichtslose Städte, oder Städte, deren Antlitz vom Wahn der Moderne verzerrt und von Abgasen und Lärm zerfressen war. Städte, die sich des Nachts unruhig in fiebrigen Alpträumen wanden, die Seele vergiftet vom Lärm der Autos und Sirenen. Ach, wie ganz anders, wie viel ruhiger, wie viel vornehmer atmete doch die Seele dieser Stadt. Könnte er doch nur teilhaben an der heiteren Gelassenheit der uralten Mauern, Paläste und Plätze. Doch vergeblich war die

Hoffnung gewesen, hier im Süden wieder zu sich selbst zu finden. Vergeblich und dumm war der Versuch gewesen, vor sich selbst zu fliehen.
Langsam wurden seine Gedanken vorn Strudel der Müdigkeit in die bodenlose Leere seines zermarterten Gehirns gezogen. Nur noch einzelne, wirre Gedankenfetzen durchzuckten sein Bewusstsein, wie die fernen Blitze eines Wetterleuchtens. Einsam lief er durch die finsteren Straßen. Es war ein weiter Weg bis zu seinem Hotel. Erschöpft setzte er sich auf einen Blumenkasten aus Beton, um ein wenig zu rasten. Gegenüber sah er einen großen Müllcontainer, dessen Deckel weit offen stand wie ein breites, klaffendes Maul. Seltsam, dass man nichts riecht in dieser Hitze, dachte Demetrius. Hinter ihm stand ein hoher Eisenzaun, dessen Spitzen wie drohende Speere in den dunklen Himmel stachen. Dahinter wiederum breitete sich ein Garten oder ein Park aus, nicht zu unterscheiden in der Dunkelheit.
Erschrocken fuhr er herum, als eine schwarze Katze quer über die Straße rannte und schließlich zwischen den Eisenstäben des Zaunes verschwand. Verwirrt griff sich Demetrius an den Kopf. Schwarze Katze. Schwarze Katze? Was hatte das zu bedeuten? War es ein Symbol? Ein Gleichnis? Eine Warnung? Schwarze Katze? Schwarze Katze! Irgendwie kam Ihn das bekannt vor. Eine Katze? Hatte er einmal eine Katze besessen? Nein. Schwarze Katze. Schwarze Katze. Kleines Kätzchen, kleines schwarzes Kätzchen!
Ach, ja, das war es. So hatte er Anna manchmal liebkosend genannt; kleines schwarzes Kätzchen. Damals, als sie sich an ihn schmiegte, wie eine Katze mit ihren schönen, schwarz schimmernden Haaren. Ja, deswegen hatte er sie "mein kleines schwarzes Kätzchen genannt" und auch weil sie ihm gleichzeitig so schön und gefährlich wie eine Katze vorgekommen war. Ja, sie war so gefährlich wie eine Raubkatze, wie eine Tigerin. Ja,"mein kleines Tigerchen hätte er sie nennen sollen. Mein kleines schwarzes Tigerchen! Aber Tiger sind nicht schwarz...

Da glitt ein Schatten an ihm vorüber. Demetrius hob den Kopf. Es war ein Mädchen, das da an ihm vorüber ging. Ihre hochhackigen Schuhe klapperten über das Pflaster und ihr aufreizend kurzes Röckchen hüpfte im Takt der Schritte um ihre Hüften. Er sah ihr einige Augenblicke gedankenlos nach. Als sie vielleicht schon zwanzig oder dreißig Schritte entfernt war, wollte er sich gerade abwenden, als sie niederkniete und sich an irgend etwas zu schaffen machte. Plötzlich war es ihm unmöglich den Blick von ihrem Rücken abzuwenden. Lange blieb sie so knien. Was tat sie da? Demetrius wurde ganz unruhig über dieser Frage. Unwillkürlich erhob er sich. „Sie könnte Geld verloren haben, oder ihr Absatz ist abgebrochen." Aber er verwarf diese Antworten, die er sich überlegt hatte, sofort wieder. Es schien ihm plötzlich, als hätte dieser Vorgang, dieses Niederknien zwischen Hell und Dunkel, etwas Mystisches an sich. So als wäre dieses Niederknien mit einem Geheimnis verbunden, das es zu lösen galt. Immer unruhiger wurde Demetrius. Automatisch ging er einige Schritte auf die Kniende zu. Es musste etwas besonderes bedeuten, wenn sich dieses Mädchen hier auf der Straße niederkniete. Unruhig trat er von einem Fuß auf den anderen. Sollte er hingehen? Es war nicht mehr zu ertragen. Warum musste sie sich auch gerade hier vor ihm hinknien? Schon zögerte er, wollte zu ihr hin und sie irgend etwas Belangloses fragen. Da erhob sie sich wieder und setzte ihren Weg fort, mit den hohen Absätzen gekonnt über das holprige Pflaster balancierend. Demetrius folgte ihr, ohne sich dessen eigentlich bewusst zu werden, so als würde er ohnmächtig von irgendeinem Instinkt geleitet. Er war in einen eigenartigen Erregungszustand von fiebriger Intensität geraten. Wie eine Marionette am Faden folgte er diesen hüpfenden, wippenden Rocksaum. Sein Gehirn fühlte sich an, als würden darin tausend feuerbrünstige Sonnen brennen. Im schummrigen Licht einer abseits stehenden Straßenlaterne konnte er erkennen, dass sie dünne, schwarze Nylonstrümpfe trug. Ihr dunkles Haar war nach oben toupiert und saß seltsam starr und unbeweglich, fast wie ein Helm, auf ihrem Hinterkopf. „Wie sie wohl von vorn aussieht?", dachte er. Er hatte sie bisher immer nur von hinten gesehen. Vorhin, als sie an ihm vorbeigehuscht war und ihr Schatten ihn gestreift hatte, hatte er gedankenschwer zu Boden geblickt. Diese Frage, wie sie wohl von vorne aussehen würde, erregte ihn ungemein. Längst waren Müdigkeit und Erschöpfung verflogen. Genüsslich malte er sich in seinen Gedanken das Aussehen ihres Gesichts aus. Vor allem ein grellrot geschminkter Mund beschäftigte ihn lange in seiner Vorstellung. Er war überzeugt, dass sie einen solchen aufreizend geschminkten, grellroten Mund haben müsste. Dieser leuchtend rote Signalmund nahm in seiner Vorstellung einen breiten Raum ein; dagegen waren ihre Gesichtszüge undeutlich und maskenhaft, traten hinter diesem Mund zurück, der sein ganzes Empfinden erfüllte. Doch glaubte er unbedingt daran, dass ihre Gesichtszüge breit und schwer und ein wenig vulgär sein müssten. Feste Brüste wogten unter ihrem Kleid auf und nieder und die scharfen Linien ihres Körpers durchfuhren seine Vorstellung wie ein Messer. Vielleicht sah sie aber auch ganz anders aus. Vielleicht war sie gar nicht so derb und vulgär wie er es sich vorstellte. Aber er glaubte mit der irrationalen Intensität eines religiösen Fanatikers, dass sie diesen grellrot geschminkten Mund haben musste. Dieser rote Mund hing wie eine grell leuchtende Laterne über seinen Gedanken, ließ ihn nicht mehr los. Dieser grellrote Mund in seiner Vorstellung und der hüpfende Rocksaum, den er vor sich sah, sowie die noch immer ungeklärte Frage, wie sie den nun wirklich von vorne aussah, machten ihn unruhig und erregt. Unwillkürlich beschleunigte er seine Schritte, getrieben von dem halb bewussten Wunsch in ihr Gesicht zu schauen und diesen roten, grell geschminkten Mund zu sehen. Doch auch das Mädchen lief jetzt schneller. Hastig blickte sie sich nach ihm um; doch Demetrius konnte wegen der Dunkelheit ihr Gesicht nicht deutlich erkennen. Er fühlte nun, dass Sie Angst hatte. Bisher war es ihm gar nicht in den Sinn gekommen, dass ein

Mädchen, das nachts von einem Fremden durch dunkle Gassen verfolgt wird, Angst haben könnte. Nun aber, plötzlich, fühlte er ihre Angst, nun schmeckte und roch er ihre Angst; die Luft war geradezu erfüllt von ihrer Angst. Und die Angst dieses Mädchens, die Vorstellung, dass ihr Körper vielleicht vor Angst zitterte und bebte, tat ihm ungemein wohl. Ein ungeheures, göttliches Machtgefühl durchströmte ihn mit einem Mal. Er weidete sich geradezu an ihrer Angst und seine Erregung wuchs bis zur Besinnungslosigkeit.

Immer schneller und schneller begann er zu laufen, von einem tierhaften Rausch vorwärts getrieben. Da, an einer schwach beleuchteten Hausecke, beugte sie sich im Gehen herab, um ihre Schuhe mit den hohen Absätzen auszuziehen, die sie beim Laufen hinderten. Und in dieser Bewegung des hastigen Hinabbückens, blickte sie sich schnell nach ihrem Verfolger um, der die letzten Meter laufend zurückgelegt hatte und sie jetzt einholte. Deutlich sah er nun ihr Gesicht vor sich. Erschrocken und wie aus einen Traum erwachend, blieb er dicht vor ihr stehen. Da war kein grellrot geschminkter Mund, keine breiten, atavistischen und vulgären Gesichtszüge. Demetrius blickte in ein feines, ängstliches Jungmädchengesicht, in beinahe kindliche Gesichtszüge, die vor Angst verzerrt waren. Er blickte in vor Entsetzen geweitete, dunkle Augen, die ihn sofort an die Augen Annas erinnerten und auf einen schmalen, zitternden Mund. Das Mädchen rührte sich nicht mehr. Erstarrt vor Angst stand sie da und blickte ihn aus großen Augen an. In den Händen hielt sie einen der Schuhe, den sie noch ausgezogen hatte und hielt ihn schützend, als wäre es ein Schild, vor ihre Brust. Schief stand sie nun auf einem Bein, der eine Fuß barfuß, an dem anderen noch der hochhackige Schuh. Sie sah ein wenig lächerlich aus und hilflos und verloren, wie ein junges, allein gelassenes Rehkitz. Eine ungeheure Welle des Mitleids schlug über Demetrius zusammen. Augenblicklich war er vollkommen ernüchtert. Es war, als erwache er aus einem bösen Alptraum. Mein Gott, was hatte er angerichtet! Am liebsten wäre er

jetzt vor ihr auf die Knie gefallen, hätte ihre Füße geküsst und sie unter Tränen um Verzeihung gebeten.
„*Scusi, Signorina*", stammelte er schließlich. „*Scusi*, können sie mir vielleicht die Uhrzeit sagen? - Äh, *che ora é*?"
Es dauerte lange, bis sie begriff. Eine Ewigkeit. Demetrius wünschte sich plötzlich weit, weit von hier fort. Schließlich setzte das Mädchen zum Sprechen an, doch in ihrer Kehle wollte sich nur ein wimmerndes Schluchzen bilden. Demetrius glaubte, sie würde jeden Augenblick weinend zusammenbrechen. Schließlich schüttelte sie ihren Kopf, unfähig zu sprechen.
"Na, macht nichts, *non importa*!", sagte er und versuchte möglichst unbekümmert zu klingen. Dann fuhr er auf deutsch fort: "Nun, ich dachte auch bloß... Wissen Sie, meine Uhr ist stehengeblieben, und ich muss doch in mein Hotel, bevor es schließt. Und da dachte ich, Sie könnten vielleicht... "
Blöde glotzte ihn das Mädchen an; zur Bildsäule erstarrt und noch immer den einen Schuh schützend vor ihre Brust haltend.
"Nun ja, wie gesagt, macht nicht*s. Non importa, scusi Signorina. buonanotte e arriverdeci!"*
Mit diesen Worten ließ Demetrius das Mädchen stehen und eilte schnell in die Dunkelheit einer Seitengasse. Dort sank er, endlich allein, auf die Knie, schallt sich ein Vieh und schlug ohnmächtig weinend mit den Fäusten auf sich ein.
Ha, „wie viel Uhr ist es", hatte er gefragt. „Scusi Signorina...", ha ha. Ich bin ein Vieh, hätte er sagen sollen. Schlagen Sie mich! Treten Sie mich! Spucken Sie mich an!, hätte er sagen sollen.
Mein Gott, was war bloß mit ihm los? War er denn tatsächlich und wahrhaftig wahnsinnig geworden? Welche dunkle, dämonische Seite seiner Seele hatte ihn da getrieben? War er das gewesen, der dieses Mädchen verfolgt und die Ärmste zu Tode erschreckt hatte? Bis zu dem Zeitpunkt, da er vor ihr stand, in ihr Gesicht blickte und verwirrte Worte stammelte, war ihm alles seltsam unwirklich und beinahe traumhaft vorgekommen. So, als ginge ihn das alles eigentlich gar nichts an, so als wäre gar nicht er es gewesen, der

dieses Mädchen verfolgt und durch dunkle Gassen vor sich her getrieben hatte. Es war ihm, als wäre da etwas völlig Fremdes in ihm gewesen, etwas dämonisches, teuflisches, das ihn trieb und ihn beherrschte. So als wäre er zum willenlosen Objekt einer höheren, satanischen Macht geworden. In diesem Zustand, den Demetrius gerade durchlebt hatte und an den er mit Schaudern zurückdachte, mögen Triebtäter morden, schänden und vergewaltigen, willenlose Marionetten an den Fäden eines teuflischen Puppenspielers. Gleichwohl, es war doch in ihm selbst gewesen, irgendwo in seinem dunkelsten Inneren; dieser höllisch glühende Lichtpunkt, dieses Dämonenfeuer, das ihn da getrieben und seiner Persönlichkeit beraubt hatte. Irgendwo in den dunkelsten und unheimlichsten, bis vor kurzem kaum geahnten Tiefen seiner Seele lauerten diese Teufel und Dämonen, die heute zum ersten Mal ganz ihre unheimlichen und erschreckenden Fratzen gezeigt hatten; die ihn in dieses schreckliche, unheimliche Ding, in dieses Monstrum verwandelt hatten. Mein Gott, wie weit wäre er gegangen? Was wäre passiert, wenn er nicht Mitleid mit diesen Mädchen gehabt hätte, wenn sie nicht dieses erschreckte Jungmädchengesicht, sondern die atavistischen und vulgären Gesichtszüge und den grell geschminkten Mund seiner Vorstellung gehabt hätte? Demetrius wusste es nicht. Vergeblich bemühte er seine Erinnerung. Da war kein Vorhaben in ihm gewesen, kein Gedanke, kein Plan, keine Zukunft; nur dieser tierhafte Augenblickstrieb der Verfolgung. Vielleicht hätte er ihr in die aufreizenden Gesichtszüge, auf den grellroten Mund geblickt und wäre dann achtlos weitergegangen. Vielleicht hätten sich aber auch seine Hände um ihre Kehle gelegt; vielleicht hätte er zugedrückt und dabei kalt beobachtend in ihre verzerrten, von Todesangst entstellten Gesichtszüge geblickt und auf den grell geschminkten Mund, der krampfhaft und vergeblich nach Luft geschnappt hätte. Vielleicht hätte er aber auch nur etwas Dummes zu ihr gesagt. So wie es dann ja auch wirklich geschehen war. So wie etwa: „Scusi Signorina, wie viel Uhr ist es?" Ha! Ha.

Demetrius erinnere sich an eine Geschichte, die sein Großvater ihm einmal vor langer, langer Zeit, in seiner Kindheit, erzählt hatte, Sein Großvater war ein begabter Geschichtenerzähler gewesen. Jemand, der auf Festen selbst verfasste Scherzgedichte vortrug und ihm, Demetrius, manch wundersame Geschichte, oft aus den Stegreif erfunden, vortrug. Einmal erzählte er ihm die Sage von den leuchtenden Männlein, die wohl irgendeine alte Familienüberlieferung sein mochte. Diese leuchtenden Männlein waren arme Seelen , die wegen ihrer Untaten im Leben nun des nachts in Wald und Flur umher spuken mussten. Und ihre Passion war es, den einsamen Wanderer in Furcht und Schrecken zu versetzen. Das höllische Feuer, das in ihrem Inneren brennt, lässt sie wie in einem phosphoreszierenden Leuchten erglühen, das durchs nächtliche Unterholz schimmert. Schon mancher sei von diesen Leuchten in Panik und hellem Wahnsinn versetzt worden und in irrsinniger Raserei in irgendeine schroffe Waldschlucht gestürzt. Wenn er, Demetrius, dann des nachts in seinem Bett gelegen war und nicht einschlafen konnte, kam ihm oft der leiseste Lichtschauer, der durchs Fenster drang, und wie ein Menetekel an der Wand gegenüber seinem Bett stand, wie das höllische Glühen der leuchtenden Männlein vor. Und oft glaubte er auch, die leuchtenden Männlein in den Büschen und Baumwipfeln, draußen in der dunklen, angstmachenden Nachtwelt, vor dem Fenster seines Kinderzimmers, sehen zu können.
Ha, nun war er selbst zu einen solchen teuflischen Gnom aus seiner Kinderphantasie geworden, in dem schmerzhaft das höllische Feuer brannte, und der irr und böse durch die Nacht spukt. Das Böse hatte seine Krallen in sein Fleisch geschlagen, hielt ihn mit eisernen Klauen umfasst. Unter dem Gluthauch der Hölle erzitterte sein Herz. Er war sich selbst fremd, sich selbst zum Ekel, sich selbst unheimlich geworden. Wild schlug er mit den Fäusten auf sich ein, lachte grimmig über die Schmerzen, die er sich selbst zufügte. Schließlich sank er stöhnend, wie ein verwundetes Tier, vollends zu Boden. Dort blieb er lange, wie

ohnmächtig liegen, erschöpft von dem Hass auf sich selbst, erschöpft von der tobenden Raserei.

III; Kapitel

Sehr spät in der Nacht, kam er, zu Tode erschöpft, schmutzig und abgerissen, in sein Hotel zurück. Er weckte den Portier, entschuldigte sich für sein spätes Kommen und gab ihm achtlos irgendeinen großen Lireschein als Trinkgeld. Geld interessierte ihn nicht mehr. Den ganzen Winter über hatte er spartanisch und anspruchslos gelebt wie ein Mönch. Das war jetzt vorbei! Ob er in einen Monat noch etwas zum Leben haben würde? Gleichgültig! Er war verloren, ein enfant perdu.

Auf seinen Zimmer machte er kein Licht. Angezogen und schmutzig wie er war, legte er sich auf sein Bett und fiel augenblicklich in einen ohnmachtähnlichen Schlaf. Im Traum läuft er durch dunkle, furchteinflößende Gassen einer mittelalterlichen Stadt. Die Häuser sind niedrig und wirken geduckt. Die meisten sind lediglich mit Stroh gedeckt und wirken eher wie ärmliche Bauernhütten. Dunkel und drohend ragen die Wände empor. Dort drüben: ein Schatten an der Wand. Das sind ja Krallen, die das Ding da an die Hauswand wirft. Krallen, die ihn packen wollen. Nun sperrt es seinen Rachen auf. Nein! Nein! Demetrius rennt los. Die Häuserwände scheinen sich zu bewegen. Sie fühlen sich weich und warm an, fast so als wären sie lebendig. Er setzt sich nieder. Alles um ihn herum ist ihm fremd und feind. Die Dunkelheit umhüllt ihn und rührt ihn an wie ein Gespenst. Da, glotzt ihn da nicht etwas aus der Dunkelheit heraus an? Große, runde, glotzende Augen! Das Ding bewegt sich! Langsam kriecht es auf ihn zu. Demetrius kann sich nicht erheben, nicht davonlaufen. Schwer wie Blei haftet er an der Erde. Immer näher kommt das schattenhafte Ding. Silbrig wie ein Schuppenpanzer schimmert sein Rücken. Da fährt ihn etwas über die Hand, dann ins Gesicht! Siedend heiß fährt ihn der Schrecken durch die Glieder. Er rennt weiter, immer weiter! Er weiß nicht mehr, wo er ist. Labyrinthisch verbiegen sich

Straßen und Wände. Wie seelenlose, feindliche Maschinen starren ihn dunkle Häuserfratzen an. Vor ihm ragt plötzlich der mächtige Turm einer Kathedrale in den schwarzen Himmel. Dieser wird von einem goldenen Strahl erhellt, der wie eine Verheißung aus dem dunklen Himmel hervorbricht. Demetrius sieht, dass sich der Dom gerade im Bau befindet. Er ist mit einem Gerüst aus Holz umgeben und Aufzüge ziehen steinerne Lasten in die Höhe. Zu Füßen des Doms hat sich eine große Menschenmenge versammelt; Männer, Frauen und Kinder reden und schreien wild durcheinander. Niemand bemerkt ihn. Die Menschenmenge auf dem Domplatz ist von einer seltsamen Erregung ergriffen. Diese wird von einer marmornen Statue verursacht, die Arbeiter bei der Ausschachtung einer Krypta unter dem halbfertigen Dom gefunden hatten. Diese Statue steht jetzt auf einem hölzernen Sockel und überragt so die Köpfe der Menge. Eine antike Venus ist es - die Göttin der Liebe. Von den Hüften, knapp oberhalb der Scham, bis hinab zu den Füßen, ist die steinerne Göttin in ein faltenreiches Gewand gehüllt. Doch Ihr Oberkörper ist völlig nackt, so dass man ihre festen Brüste und den fein gegliederten Bauch erkennen kann, der im stolzen Bogen geschwungen ist.

Das alles sieht Demetrius in seinem Traum mit seltsamer Plastizität. Doch wie erschrickt er, als er das Gesicht der Statue erblickt. Das ist ja sie! Das ist ja Anna! Die antike Göttin trägt das Gesicht Annas! Die Statue hat ihre Augen, ihre Nase, ihren Mund und es kommt ihm so vor, als lächle sie ein wenig dieses unschuldige Kinderlächeln, das ihn so oft verzaubert hatte. Nur Annas langes, loses Haar ist bei der Statue nach antikem Vorbild frisiert und läuft in einen doppelt gebundenen, ungeflochtenen Zopf über ihren Hinterkopf, bis hinab auf ihren nackten Rücken. Nun richtet Demetrius seine Aufmerksamkeit wieder auf die Menschenmenge. Ein Mann, wie ihm scheint ein Arbeiter vom Dombau, hat sich zu der Statue auf das hölzerne Podest begeben und beginnt mit stockenden Worten eine Rede:

"Ich bin selbst Steinmetz", beginnt er und sieht mit umherirrenden

Blicken auf die Menge, die augenblicklich verstummt.
"Ich bin selbst Steinmetz. Doch habe ich nie eine Statue von solch vollendeter Form gesehen. Diese Statue kann von keines Menschen Hand erschaffen sein. Wir haben sie beim Bau des Doms gefunden, bei einer gottgefälligen Handlung also. Tief unter der Erde lag sie begraben. Welcher Mensch hätte eine solche Statue geschaffen und sie dann so tief vergraben? Nein! Diese aus dem Schoß der Erde empfangene Statue ist auf wunderbare Weise vom Himmel zu uns gesandt worden. Sie ist das Bildnis der Jungfrau Maria. Huldigt ihr und preiset sie!"
Als nun der Sprecher geendigt hat, fällt die ganze Menge auf die Knie und betet die antike Liebesgöttin als Jungfrau Maria an. In diesen Augenblick tritt der Bischof der Stadt, erkenntlich an Mitra und Krummstab, auf den Platz. Als er sieht, wie die Männer und Frauen der Stadt ein Werk der Heiden huldigen, ergreift ihm biblischer Zorn. Geifer und Worte speiend wendet er sich an die Menge:
"Ihr sündigen Narren, steht auf! Beugt nicht eure Knie vor dieser schamlosen Darstellung weiblicher Nacktheit, einst von unwissenden Heiden geschaffen, die nun in der Hölle schmoren. Steht auf, sage ich euch! Könnt ihr denn nicht erkennen, welch große Sünde ihr begeht, wenn ihr dieses Götzenbild anbetet. Ihr seit wie die Kinder Israels, als sie um das goldene Kalb tanzten. Nicht vom Himmel ist dieses sündige Werk gesandt, sondern vom Teufel, der ja auch, wie die Statue, unter der Erde wohnt!"
Und in wilder Wut, will der Bischof einen Pickel ergreifen und damit auf die Statue einschlagen. Demetrius erschaudert und will vor Schreck schreien, kann aber nicht. Er will etwas zu ihrer Rettung tun, doch mit Entsetzen stellt er fest, dass er nicht in das Geschehen eingreifen kann, ja, dass die Anwesenden ihn nicht einmal wahrnehmen, so als bestünde sein Körper aus feinem Äther, so als wäre er ein unsichtbares Lichtwesen. Doch in diesem Augenblick des Entsetzens geschieht eine seltsame Veränderung mit der Statue. Der kalte Stein beginnt zu leben. In marmornen

Adern beginnt Blut zu fließen; aus kaltem Gestein formt sich eine zarte, warme Haut. Steinerne Augenlider beginnen zu zucken. Annas wunderschöne Augen blicken auf die Menge zu ihren Füßen herab, in der ein gefährliches Schweigen herrscht und die auf die Posaunen des jüngsten Gerichts wartet.
Starr vor Schreck und vor Erstaunen, hält der Bischof im Schlage inne. Mit über seinen Kopf erhobenen Pickel steht er da und starrt auf Anna. Doch nach wenigen Augenblicken fällt die Erstarrung von ihm ab, und er befiehlt seinen Waffenknechten, sie zu verhaften. Drei Mann packen sie und führen sie ab. Der Bischof folgt ihnen. Der Rest der bischöflichen Waffenknechte hält die unentschlossene Menge in Schach.
Demetrius muss nun zusehen, wie Anna in das bischöfliche Verlies geworfen wird. Er steht noch immer außerhalb des Geschehens und auch Anna scheint ihn nicht zu bemerken. Wenig später kommt der Bischof in die Zelle des Mädchens. Er setzt sich auf einen roh gezimmerten Stuhl. Anna liegt angekettet zu seinen Füßen. Sie trägt jetzt ein weißes, ärmelloses Gewand aus groben Leinen, das ihr bis zu den Knien reicht. Fauliges, mit Kot vermengtes Stroh ist ihr Lager. Der Bischof richtet ohne Umschweife das Wort an sie:
"Wer bist du, dass du die Menschen so verwirrst und die Ordnung der heiligen Kirche gefährdest? Bist du eine Heilige oder eine Hexe, vom Satan gesandt oder vom Himmel? Sprich!"
Doch Anna schweigt und lächelt nur, unschuldig und rein, und wissend um ihr eigenes Schicksal, so dass es auch ein schmerzliches Lächeln wird.
"Doch es ist gleich, woher du kommst oder was du bist", spricht der Bischof. "Du verwirrst die Menschen und gefährdest somit unsere Ordnung. Die Ordnung der heiligen Kirche. Doch wer die Ordnung gefährdet, ob Heilige oder Hexe, muss sterben. Die Kirche und deren Ordnung ist wichtiger als alle Heiligen. In der Folter wirst du gestehen, das du eine Hexe bist und mit dem Satan im Bund stehst. So wird die Menge Abscheu und Angst vor dir

empfinden und jubeln, wenn du auf dem Scheiterhaufen verbrannt wirst. Dann wird die Ordnung wieder hergestellt sein!"
Als sich der Bischof nun erhebt, geht eine seltsame Veränderung mit ihm vor. Die Konturen seines Körpers verwischen sich, seine Gesichtszüge verschwimmen. Auf dem formlosen Schaft sitzt breit und fleischig die Mitra. Wie ein erektierter Penis ragt der Bischof vor dem, am Boden liegenden Mädchen empor, drohend und mächtig. Der Bischof ruft zwei Wachen, die Anna in die Folterkammer bringen. Dort ist bereits ein Tribunal des Schreckens zusammengetreten. Schreibende Mönche sollen Protokoll führen und bezeugen, dass Anna gestanden hat, eine Hexe zu sein. Ein langer, finsterer Inquisitor führt den Vorsitz. Der Bischof nimmt einen bequemen Platz ein; er ist nur Zuschauer. Der Folterknecht ist mit einer schwarzen Kappe verhüllt und hat bereits die Werkzeuge seines grausigen Handwerks vorbereitet. Anna wird zunächst gänzlich entkleidet. Dann werden ihr Arme und Beine auf eine lange Holzbank gefesselt und das grausige Verhör beginnt. Ihr unendlich schöner Körper wird gefoltert und entstellt. Erbarmungslos versengt man ihre zarte, weiße Haut mit brennenden Eisen. Ihre Augen quellen aus ihren Höhlen und sie schreit in Verzweiflung und Qual. Auch Demetrius will schreien, doch er kann noch immer nicht. Ihre Qualen brennen sich in seine Seele ein, wie die Brandeisen in ihre makellose Haut. Ihre Schreie martern ihn mehr, als der grausamste Folterknecht es vermocht hätte.
Sie schreit, antwortet jedoch nicht auf die Fragen der Inquisition. Überhaupt hatte sie noch kein Wort gesprochen, seit ihrer Metamorphose von der Statue zum Mädchen. Auf dem Domplatz hatte sie nur auf die Menschenmenge herab gelächelt und nun schreit sie. Da geschieht es, dass sich ihr Körper zum letzten Mal aufbäumt. Der Glanz ihrer Augen erlischt und sie stirbt unter den Händen des Folterknechts. Der Bischof ist rot vor Zorn, dass sie der öffentlichen Verbrennung bei lebendigen Leibes entgangen ist. Eigenhändig schlägt er den Folterknecht in dessen verhülltes

Gesicht. Dann ordnet er an, dass man ihre Leiche vor die Mauern der Stadt werfe, den Krähen und wilden Tieren zum Fraß. Und so geschieht es. Achtlos, wie Müll, wirft man ihren geschundenen Körper auf ein Feld vor der Stadt. Der geschundene Leichnam liegt auf blutroter Erde. Gespenstisch scheint ein fahler Nebelmond durch kahle Äste. Wahnsinnig vor Trauer und Schmerz kniet Demetrius vor ihrem toten Körper. Da ist plötzlich die Distanz zum Geschehen aufgehoben, und es gelingt ihm, sie zu berühren. Er küsst ihren nackten, geschundenen Leib und liebkost ihre Wunden. Mit von Tränen verschleierten Blick vergräbt er seinen Kopf zwischen ihren Brüsten, und er fühlt, wie Schmerz und Trauer seine Seele zerfressen. Noch nie in seinem Leben hatte Demetrius eine solche, alles überwältigende Trauer gefühlt. Als er endlich wieder aufblickt, sieht er eine riesige Würgeschlange. Sie schlängelt sich über den Unterleib Annas und ihr Kopf liegt auf ihrer Scham. Gefährlich schön schimmert ihr grünlicher Leib. Immer weiter und weiter sperrt sie ihren Rachen auf. Ich bin bereit, denkt Demetrius, und mit Entsetzen und Freude zugleich merkt er, wie ihn die Schlange umwindet, ihn würgt, ihn tötet und verschlingt.

Mit vor Angst geweiteten Augen erwachte Demetrius wieder und starrte an die rissige Zimmerdecke. Unangenehm klebten die nassgeschwitzten Kleider an seinem Körper. Zitternd richtete er sich auf und lauschte in die Stille der Nacht, lauschte auf sein wild schlagendes Herz, dass sich angstgepeinigt in seiner Brust verkrampfte, als würde es von eisernen Klauen umfasst. Wie real, wie plastisch waren doch die Bilder dieses Traums gewesen, farbig, dreidimensional und pompös. Nur selten zuvor hatte er mit solcher Intensität aller Sinne, mit solcher Bilderfülle geträumt, nur selten zuvor war der Traum von solcher kristallinen Klarheit gewesen. Dies war ein Traum, wie ihn im Altertum Priester und Seher geträumt haben mochten. Und Demetrius fühlte, dass dies nicht nur belanglose Traumbilder einer erregten Phantasie gewesen waren; er fühlte, dieser Traum war wesentlich und wichtig gewesen; er war ihm Rätsel, er war ihm Symbol und Menetekel, Zeichen und Wunder gewesen. Wie viel kaum Geahntes, kaum Gefühltes, nie Gewusstes, lag doch in jenen Bildern verborgen. Oh ja, er verstand die Sprache dieses Traums, wenn ihm auch vieles Wunder und Rätsel blieb. Es waren auch weniger die Bilder, weniger das Phantastische der Handlung dieses Traums, die Demetrius verstand und durchschaute. Nein, gerade der Traum an und für sich, die Bilder selbst, waren ihm dunkles Wunder und Sphinx; gerade sie waren das Undeutbare und Rätselhafte dieses Traums. Doch der Traum hatte, unabhängig von Handlung und Metaphorik, tiefe Gedankenreihen in ihm initiiert, starke Gefühle und Assoziationen in ihm geweckt. Und diese waren ihm zutiefst verständlich, waren ein Teil seiner selbst, wie auch der Traum Teil seiner selbst gewesen war.

Es beginnt damit, dass der Traum ihn an Anna erinnerte. Freilich auf eine andere Art und Weise, als er sonst der Zeit mit Anna gedachte. Er erinnerte sich nicht an das, was er mit ihr erlebt hatte, nicht an ihr Lächeln oder ihre wunderschönen, strahlenden Augen. Es war eigentlich nicht einmal Anna selbst, an die der Traum ihn gemahnte. Nein, er selbst war es, an den er zurückdachte. Er erinnerte sich an das, was er damals tief in seinen Innern empfunden und gefühlt hatte. Und vieles von dem war tief unter der Oberfläche seines bewussten Ich verborgen gewesen; vorher kaum geahnt, heute zum ersten mal in aller Deutlichkeit erkannt und zum Durchbruch gekommen. Der Traum hatte viele Türen seiner Erinnerung aufgestoßen, hinter denen längst vergessene, längst verdrängte Gefühle lauerten, die ihn nun wieder frisch und neu überfielen, so als wären sie gerade erst zum ersten Mal gefühlt worden. Und es wurde ihm wieder klar, dass auch damals schon, in der Hochzeit seines Glücks, in den Becher der Lust und der Glückseligkeit, der bittere Tropfen der Angst gemischt war. Eine Angst, die tiefer drang, als er es sich damals eingestanden hatte; eine Angst, die mehr war als die Furcht vor dem Verlust der

Geliebten. Es war die uralte Angst des Menschengeschlechts, die Angst vor Vergänglichkeit und Tod und auch die gleichzeitige Hingabe an den Tod, der Wunsch in den Armen der Geliebten zu sterben und die Furcht davor. All das und noch viel mehr war auch damals schon irgendwo in seinem Innern verborgen gewesen. Unerkannt und dennoch fordernd und bestimmend. Ja, jetzt wusste er, stets hatte er hinter der lockenden Fassade der Geschlechtlichkeit immer auch Verderbnis und Tod und Verwesung gewittert. Doch noch vieles, vieles andere lag in dem Traum verborgen. Leid und Freude, Schmerz und Glück waren unentwirrbar ineinander verschlungen und verknäuelt wie Arabesken, kaum mehr voneinander zu unterscheiden. Im dichten Gerank peitschten Drachenschwänze, brüllten Monstrositäten mit gefletschten Zähnen ihr Leid hinaus, schlugen Engelsflügel, sanft und heiter, trabten weiße Einhörner mit spielerischen Hufen einher; formten Kinderhände, seine Kinderhände, unendlich zarte, unendlich lichte Gebilde.
Noch lange lauschte er dem Klang des Saitenspiels, das jener Traum angeschlagen hatte und das im Inneren seiner Seele zart und süß, und zugleich dunkel und drohend erklang; noch lange folgte er der leuchtenden Bahn seiner Gedanken; vielleicht eine halbe Stunde, vielleicht eine Stunde, vielleicht länger. Er wusste es nicht zu sagen. Als der erste schwache Lichtschimmer des neuen Tages, der noch unendlich zart leuchtete und mehr zu ahnen, als zu erkennen war, durch das Fenster drang, stand Demetrius auf. Er lief einige Schritte und musste sich plötzlich, mitten im Zimmer, am Bettpfosten, festhalten, da er von einem plötzlichen Schwindelanfall erfasst wurde. Doch er achtete nicht auf seinen schmerzenden Kopf oder auf seine schwachen Knie, sondern wankte durchs Zimmer ans Fenster, stieß es auf und sog hastig die kühle, frische Luft des neuen Morgens in seine Lungen ein, so als könne er damit die dunklen Nachtmahre verscheuchen. Der Platz vor seinen Hotelzimmer lag im Halbdunkel vor ihm, alles schlief noch, nichts rührte sich unter den schwarzen Wipfeln der mächtigen, alten

Bäume, die den verlassenen Platz umsäumten. Traumverloren blickte er in das Halbdunkel hinab. Wieder überfiel ihn namenlose Sehnsucht und Melancholie. Ohne es zu wissen flüsterte er den geliebten Namen in die klare Morgenluft hinein. "Anna, Anna, ach, Anna!"
Mit ihren Namen begrüßte er den neuen Morgen, er war der Begleiter seines Tages; er war sein Abendgebet und sein nächtlicher Traum. Immer noch! Auch jetzt, da er wusste, dass er sie niemals mehr wiedersehen würde. Wie lange würde es so gehen, wie lange würde er noch rettungslos im weiten Ozean der Sehnsucht treiben? Nicht mehr lange! Nein. Lange konnte es nicht mehr so weitergehen. Zuviel Lebenskraft kostete die ständige Sehnsucht nach ihr; zu sinnlos war die stetige, dumme Anbetung der Vergangenheit. Es musste ein Ende nehmen; gleichgültig auf welche Weiße, gleichgültig um welchen Preis.

IV; Kapitel

Leere und qualvolle Tage folgten dieser bösen und gehetzten Nacht. Nur langsam erholten sich seine zerrütteten Nerven und aufgepeitschten Sinne wieder. Böse und quälend nagte sein Gewissen an seiner armen Seele. Eingesponnen in seinen Depressionen, verbrachte er die Tage eremitenhaft im abgedunkelten Hotelzimmer. Die Welt da draußen, diese verlockende und quälende, diese schöne und böse, diese beste und irrsinnigste aller Welten, schien Lichtjahre entfernt zu sein, schien in einen leisen Schleier aus Dunkelheit versunken zu sein. Still und hohl wie bleiche Totenschädel vergingen die Tage, qualvoll und tot wie trostlose, endlose Eiswüsten die Nächte. Wie ein dunkler, tiefer Bergsee im Winter, erstarrt und verlassen, lag seine Seele in diesen schwermütigen Tagen da. Beinahe erloschen und tot erschienen die unterirdischen Feuer und Vulkane seines Inneren. Als er es schließlich nicht mehr aushielt, in seiner Einsamkeit; als er all den bösen und dunklen Seiten seiner Seele so sehr überdrüssig war, flüchtete er aus seinem düsteren, muffigen Hotelzimmer zurück in die Stadt, die sogar ihn, den Verzweifelten und Verlorenen, noch immer mit ihrer Schönheit verlockte. Schwindlig und unsicher wühlte er sich durch die Menschenmassen, die in endloser Prozession durch die Stadt wogten. Taumelnd tanzten bunte Farben an seinen Augen vorbei; dort schrie kreischend das Rot eines Rocksaums, hier wölbten sich Brüste unter gespannter, gelber Bluse. Ströme von Blau umwogten im wilden Chaos dieses einsame, verlorene Gelb. Erschöpft sank er auf den Stufen des Doms zusammen. Sengende Sonne verbrannte sein gemartertes Hirn. Hinter ihm türmte sich die Wucht des weißen Marmors gen Himmel, drohte, ihn zu zermalmen. Besinnungslos trieb er mit dem unablässigen Menschenstrom der Touristen die Via dei Calzauoli hinab, schleppte sich über das glühende Pflaster der Piazza della Signoria. Durch die überschatteten Säulengänge unter den Uffizien kam er schließlich zum Arno hinab. Bunte Licht-

reflexe goss der Ponte Vecchio in die grünen Fluten des Flusses. Wässriges Blau, Rot und Gelb grüßten geisterhaft herauf, gemahnten leise an Abschied, an Tod und Vergänglichkeit. Seltsam berührten ihn diese geisterhaften Spiegelungen im Fluss. Es war ihm, als würden sie ihm Schicksal bedeuten. Wie im Märchen kam es ihm vor, wenn Wassergeister und Nixen zu den Menschen sprachen und ihnen Böses kündeten. Ja, Angst, Getriebenheit und Leid, das war sein Schicksal! Weder vermochte er es, blind durch das Leben zu gehen, wie die Vielen, die im Dasein kein ewiges, schmerzliches Rätsel erblicken und die alles so nehmen, als verstünde es sich von selbst, noch fand er in der Erkenntnis, in der leuchtenden, ätherischen Bahn des menschlichen Geistes, dauerhaftes Glück und einen festen Grund, auf den er bauen konnte. Hin und her getrieben wurde er zwischen Geist und Sinnlichkeit, zwischen hehrer Suche nach dem Ewigen und tollster, tierhafter Wollust. Die Anlage zum Unglück verbarg sich in ihm selbst!
Ja, es würde ein Ende nehmen – bald. Vielleicht im Verbrechen, vielleicht im Selbstmord, vielleicht im Wahnsinn; vielleicht aber auch in einem höheren, durch das Fegefeuer seiner Sinne gereinigten Leben. Demetrius wusste es nicht. Aber er wusste, dass es sich bald entscheiden musste. Er fühlte, dass dies ein Wende- und Kulminationspunkt in seinem Leben war.
Die Nacht war hereingebrochen. Dunkel stiegen die Häusermassen in den nachtschwarzen Himmel. Einsam schwebte ein Licht über dem Gassenpflaster. Demetrius fühlte die Melancholie der Nacht. Verloren irrte er durch die dunklen Gassen. Schaurig und voller Ingrimm lachte er auf, als ihm einfiel, dass heute sein Geburtstag sei. Welcher Hohn! Wie allein, wie einsam, wie verlassen war er gerade heute. Heute an seinem Geburtstag, der ihm einst, in seiner Kinder- und Jugendzeit, hohes Fest und lang herbeigesehntes Ereignis war. Schnell flüchtete er in eine kleine, versteckt gelegene Trattoria, an der er zufällig vorbeikam. Instinktiv suchte er in diesen Augenblick die Nähe und Gesellschaft anderer Menschen.

In den mäßig großen, schlecht beleuchteten Räumen, saßen nur einige, wenige Leute. Demetrius setzte sich an einen, etwas abseits gelegenen, düsteren Tisch und bestellte beim Wirt roten Wein und einen kleinen Nachtimbiss, der aus geräucherten Schinken, aus Weißbrot, Butter und eingelegten Senfgurken bestand. Als er zur Tür herein gekommen war, hatten sich einige der Gäste nach ihm umgedreht. Ansonsten beachtete man ihn kaum. Er fühlte, er war fremd und ausgeschlossen hier. Unüberbrückbare Klüfte gähnten zwischen ihm und den anderen Menschen. Ja, da war er wieder, der alte böse Zauber und Fluch! Was würde es nützen, wenn er einige dieser Leute hier ansprechen würde, wenn er sagen würde, dass heute sein Geburtstag sei und er einige Runden ausgeben würde. Es würde ihm nichts nützen; wenn auch zugegeben, die Versuchung für einige Augenblicke groß war, es zu tun. Aber nicht nur, dass sein Italienisch zu schlecht war. Nein, wie oft hatte er sich schon aus solchen fröhlichen Zechrunden heimlich zurück gezogen. Wie oft hatte er sich schon in einem Festtaumel, in dem, andere ganz versanken, fremd und ausgeschlossen gefühlt. Dann war er heimlich und voll Jammer und innerer Zerrissenheit hinweg geschlichen. Nein, er war allein, ein Einsamer aus Veranlagung. Traurig stieß er mit sich selbst auf seinen Geburtstag an.
Auch das war in jener herrlichen, kurzen Zeit mit Anna anders gewesen. Damals gelang ihm auch dieses; damals war der Fluch aufgehoben, damals konnte er schwerelos, sorglos feiern, mit ihr und mit anderen und in kurzen, glücklichen Augenblicken sich selbst vergessen. Er schüttelte den Kopf. Das war das erste Mal heute, dass er an Anna dachte. Selbst in seiner Depression war sie ihm verklärt und entrückt wie ein ferner Stern erschienen. Nein, den ganzen Tag hatte er nicht mehr an sie gedacht. Nun brachen mit einem Mal die schmerzlichen und doch zugleich so süßen Erinnerungen mit Gewalt über ihn herein, ohne dass er sich dagegen hätte wehren können.
In Gedanken küsste er noch einmal ihre Lippen, ihren Hals, ihre Augen. Ja, ihre Augen. Könnte er nur noch einmal diese Augen

wiedersehen. Diese Augen, die so heiter, ja, beinahe schelmisch waren, und die doch auch so traurig und sehnsuchtsvoll blicken konnten. Nein, diesen Augen konnte man nicht böse sein, diesen Augen verzieh man alles. Auch jetzt, da er an diese Augen zurückdachte, verzieh er ihr alles; verzieh ihr, dass sie ihn verlassen hatte; verzieh ihr den Schmerz, der höllisch in seiner Brust brannte; verzieh ihr die Vorstellung, dass sie an der Seite eines anderen lag. Diese Augen hatten eine unheimliche Macht über ihn. Hätte sie zu ihm gesagt: „Jage dir eine Kugel durch den Kopf, beweise mir, dass du mich liebst!", und hätte sie ihn dabei mit diesen Augen angeschaut, er wusste nicht, ob er es nicht getan hätte.
Ja, was waren das für seltsame, was waren das für wunderschöne Zauberaugen. Um dieser Augen willen liebte er sie. Diese Augen waren sein Stern, seine Sehnsucht und sein Abgrund. Verse durchzuckten sein Gehirn. Gedankenverloren und voller Sehnsucht und voller Erinnerungen, schrieb er sie auf die Papierserviette, die im Brotkorb gelegen hatte.

Einst war ich so sehnsuchtsübervoll
und wähnte ich soll
in deinen Augen verglühen.
Wir rissen uns Hüllen von fiebernden Lenden
- und schrien,
verfingen uns im Urwaldschatten,
dem moosweichen Haar
und alles was war,
zerstob wie lachende Sternenschar.
Doch fremde Sonnen schienen am Tag,
die feuerbrünstigen,
brannten herab,
versengend zuckende Leiber.
Wir stiegen herab von Dyonisos Höh´n

und schauten zurück
und sahen - sterbendes Glück.

O Anna, wie sehr habe ich dich geliebt! Wie taumelte ich durch jene kurzen, trunkenen Sommerwochen. Wie sehr sehne ich mich nach dir. Alles Leid, allen Schmerz, den er seither erlitten, zahlte er gern für die Erinnerung an jene gedrängten, glücklichen Zauberwochen.
In diesem Augenblick trat der Wirt an seinen Tisch und fragte ihn, ob er noch etwas wünsche. Erstaunt sah Demetrius, dass er die Karaffe roten Weins bereits ausgetrunken hatte. Schnell bestellte er sich noch eine zweite, ohne zu überlegen, einfach aus der instinktiven Angst heraus, das Lokal verlassen zu müssen, einsam in die dunkle Nacht hinaus verstoßen zu werden.
Als der Wirt den Wein brachte, schenkte er sich sein halb leeres Glas wieder voll und setzte gierig den herben Chianti an die Lippen und trank das Glas in großen Schlucken leer. Gleich schenkte er wieder voll und starrte auf die matt schimmernde, blutrote Flüssigkeit. Wieder überkam ihm namenlose, ungestillte Sehnsucht. Anna, die Unerreichbare, die heilig Ferne, verschwand in einem hellen Schein überirdischer Glorie. In seiner Erinnerung tauchten andere Augenblicke der Sehnsucht und des Verlangens auf. Er dachte an das namenlose Mädchen im Zug, das er für Augenblicke voller Sehnsucht geliebt hatte, dachte an ihr schwarzseidenes Haar und an das gehauchte „Ciao", als sie sich verabschiedet hatte. Wie sehr hatte er sie in diesem einen Augenblick geliebt. Wie schnell war dieser Augenblick vergangen, wie schnell hatte er sie wieder vergessen. Er erinnerte sich an den allerersten Kuss, den er gegeben, den allerersten Kuss, den er empfangen hatte. Er erinnerte sich an das Sonnenlicht, das golden durch blondes Haar geflossen war. Er erinnerte sich an das sommersprossige Gesicht des Mädchens, dessen Lippen er eben berührt hatte, und dessen Antlitz von den empfangen Kuss noch

wie verzaubert war. Doch schließlich hatte sie die geschlossenen Augen wieder aufgeschlagen und war in kindlicher Laune davon gesprungen, den Augenblickzauber wieder zerstörend. Wie lange war das jetzt schon her!
Er dachte an manche Liebesnacht. die er seither erlebt, an Brüste und Münder und Glieder, die er geküsst; an manchen Becher der Lust, den er seither getrunken. Er dachte an Mädchen, die er nur von Ferne und wie gleichnishaft geliebt hatte. Er dachte an Mädchen, von denen er selbst kaum wusste, dass er sie einmal geliebt hatte. Er dachte an hüpfende Röcke und wogende Brüste. Er dachte an das Mädchen mit der Katze auf der Piazza della Signoria. Und heute war sein Geburtstag und er war so allein, so grenzenlos schrecklich allein. Er war der einsamste Mensch auf der Welt!
Traurig bezahlte er seine Zeche. Still und heimlich schlich sich Demetrius davon, wie ein Dieb. Draußen sog er die Nachtluft, die auch zu dieser Stunde noch warm wie abgestandenes Blut war, in seine schmerzenden Lungen hinein. Nachdem er einige Schritte gelaufen war, blieb er unentschlossen stehen. Was sollte er tun? Im Hotel wartete sein leeres, kaltes Bett auf ihn, wie eine Drohung. Er hatte schon zu viele solcher Nächte erlebt, in denen er sich gequält hin und her geworfen hatte, gepeinigt von Einsamkeit, Depression und Angst, in denen er zu Gott betete, er möge seiner Qual und seiner Getriebenheit ein Ende machen und ihn im selben Atemzug verfluchte. Nächte, in denen er von Todesangst gepeinigt wurde, in denen er leeren Blickes in die Dunkelheit starrte, von tausend Teufeln geritten, seine Seele von tausend Dämonen zerrissen. Viel zu viele solcher Nächte hatte er schon erlebt und stets waren ihnen Tage wie dieser vorausgegangen. Und diese Nächte waren häufiger gekommen und schlimmer geworden, seit ihm die Erinnerung an Anna quälte. Sie hatte ihm für einige Zeit Ruhe gebracht, war zum Pol, zum Fixpunkt seines Lebens geworden. Nun hatte sie ihn verlassen, der Fixpunkt war verloren, und sein Leben war in ein ungeheures Chaos verfallen. Er war zu einem Getriebenen

geworden, der sich selbst zerstört, der von blinder Wollust
getrieben, böse durch die Nacht irrte. Doch wie bitter, wie ekelhaft
schmeckten doch die Tränke der Lust, seit er tiefe und wahre Liebe
kennengelernt hatte, wie waren sie voller Schmach und Grauen!
Auch die Einsamkeit war kaum mehr zu ertragen. In den Nächten
lauerten Dämonen und Alpträume auf ihn; an den Tagen war er
durchdrungen von einer tiefen Melancholie und einer namenlosen
Sehnsucht. Nein! Er konnte nicht ins Hotelzimmer zurück, das ihn
feindlich und kalt empfangen würde; zu viel Grauen erwartete ihn
dort.

So wanderte er ziellos durch die dunklen Straßen der Stadt, ruhte
sich von Zeit zu Zeit auf Parkbänken aus, die gespenstisch
zwischen Licht und Schatten schwebten; ging weiter, kam durch
dunkle und ausgestorbene Stadtteile, duckte sich unter schwarzen,
drohend aufragenden Häuserreihen, kam schließlich wieder in
belebtere und hellere Stadtviertel. Plötzlich versperrte ihm ein
Mädchen den Weg, die ihn mit unnatürlich geweiteten Pupillen
und glasigen Augen anstarrte. Mit zitternden Fingern streifte sie
sich eine schmutzige Strähne ihres blonden Haars aus dem Gesicht
und zog ihre weite, weiße Hose nach oben, die ebenso
schmuddelig war wie ihre Haare und die ihr ständig über die
Hüften nach unten zu rutschen drohte. Demetrius schätzte, dass sie
wenig über zwanzig Jahre alt sein konnte und eigentlich wäre sie
schön gewesen, wenn ihr Körper und ihr Gesicht nicht schon von
Leidenschaft und Laster zerstört gewesen wären.
Sie bot sich ihm an. Vergeblich versuchte sie eine aufreizende
Stellung einzunehmen, schob ihre Hüfte vor, wobei ihre Hose
wieder bedenklich weit nach unten rutschte. Ihre Hand, strich über
seine Brust nach unten, immer tiefer, bis er sie schließlich mit
seiner festhielt. Es war ihm, als würden Schlangen ihn umwinden
und Hals und Brust und Magengrube zerdrücken. Sekundenlang
fühlte er eine schmerzhafte Lust, die durch seine Eingeweide
kroch wie ein schmieriger, schwarzer Käfer. Er fühlte Ekel. Ekel

vor sich selbst. Auch in ihm brannten die Feuer des Bösen, hausten Dämonen und verhöhnten das Göttliche in ihm. Alles war ihm möglich. Er konnte ebenso gottähnlicher Schöpfer sein, wie abgrundtiefster Verbrecher oder schmierigster Wollüstling. Zwischen diesen Polen war sein Leben gespannt und drohte zu zerreißen. Er sah dieses Mädchen an, die ihm ihren Körper zum Kauf darbot. War sie nicht ebenso eine Getriebene wie er, in der ein höllisches Feuer brannte? Und doch; hatte sie nicht als kleines Mädchen von Feen und Prinzessinnen geträumt; hatte sie nicht Puppen in ihren Arm gewiegt und sie zärtlich liebkost? Mein Gott, was war geschehen? Wohl war sie irgendwann in ihrem Leben an einen Punkt gelangt, an dem es kein Zurück mehr gab. An einen Punkt, an dem sich die Wege der Finsternis und des Lichts gabelten. Dort hätte sie vielleicht noch wählen können, dort hätte sie kämpfen und ringen müssen; doch danach, als sie sich auf dem Weg der Finsternis begeben hatte, war alles, was geschah, nicht mehr ihr freier Wille, war sie nur noch Getriebene und Marionette ihrer eigenen Lüste.
Demetrius sah ihr in das verwüstete Gesicht, das ihn zugleich abstieß und anzog. Und er sah in diesem Augenblick, dass das auch er war, sah sie wie eine Schwester, wie eine Seelenverwandte. Tat twam asi! Das bist du auch! Aber sie hatte bereits gewählt, war den Weg der Finsternis gegangen und ließ den Dämonen in sich wilde Orgien feiern und verleumdete das Göttliche, dass ebenso in ihr wohnen musste, wie in allen Menschen, während Demetrius schmerzhaft zwischen beiden Polen hin und her gerissen wurde und verzweifelt kämpfte und rang, um das Menschliche in sich zu verteidigen.
Langsam wurde das Mädchen ungeduldig: "Was ist? Ich brauche das Geld. Komm doch; dort rüber in die Büsche. Ich mache alles was du willst", sagte sie auf Englisch zu ihm, so dass er es verstand.
Sie hatte nun den geschäftsmäßigen, gleichgültigen Ton abgelegt. Ihre Stimme umschmeichelte ihn sanft und lockend. Wieder spürte

er, wie sich die aufkeimende Lust schmerzhaft in seine Eingeweide bohrte, wie sie ihm Herz und Lunge zu zermalmen schien. Plötzlich, mit zunehmender Leidenschaft, war es, als verkläre sich ihr Körper und ihr Gesicht in eigenartiger lockender Schönheit. Besonders aber ihr Mund, dieser fleischige Mund, dessen Lippen etwas Orchideenhaftes, Sinnliches und doch zugleich Kindliches an sich hatten, erschien ihm in diesen Augenblick wie eine Verheißung höchster Lust und höchster Befriedigung. Unerträglich wurde ihm plötzlich sein brennendes Verlangen, das laut und fordernd nach Erfüllung schrie. Er beobachtete, wie seine Hand ihre Brust umfasst hielt, die sich fest und groß gegen den Stoff ihres T-Shirts abzeichnete, während sich ihm Luftröhre und Magen schmerzhaft verkrampften. O, welch schönen Körper, welch schönen, kindlichen Mund hatte doch dieses arme, kleine Straßenmädchen. Und es bedurfte nur eines Winks und er würde dieses Mädchen besitzen.

„Zögere nicht länger! Nimm sie! Besitze sie!", schrie es in ihm. Es war unmöglich, noch weiter zu widerstehen! Sie tat so, als würde sie durch das Streicheln ihrer Brust ungeheuer erregt. Sie hatte die Augen geschlossen und stöhnte leise. Da legte sie ihre Arme um seinen Hals, wollte ihn mit sanfter Gewalt hinüber in die Büsche ziehen. Plötzlich sah er, vom leisen Licht einer fernen Straßenlaterne erleuchtet, ihre zerstörten, mit unzähligen geschwürartigen Pusteln und großen schwarzblauen Blutergüssen übersäten Innenarme. Ekel erfasste ihn. Durch ihre Adern rann schwarzes, vergiftetes Blut. In ihrem fauligen Leib wohnte der grinsende Tod. Unter den Decken der Lust schwammen unerkannt Gonokokken und tödliche Viren in ekligem Schleim. Die Welt war erfüllt von Tod und unsinnigem Leid gequälter Kreaturen. Grauen erfasste ihn. Das täuschende Gewebe der Begierde zerriss. Die Illusion erlosch. Ernüchtert sah er das nackte Gerippe der Welt. Den ewigen Strom des Lebens, erfüllt von leidenden, zuckenden Kreaturen und sich in sinnloser Gegenwehr aufbäumender Leiber, die vergeblich nach Erlösung schrien. Voll Mitleid sah er in das

verwüstete, von Leid und selbstgewählter Qual gezeichnete Gesicht des Mädchens, das ihm Spiegel ihrer verschüchterten, halb dahin gemordeten Seele schien. Wie konnte man in einer Welt, die so von Leid und Tod und Verwesung erfüllt war, dahinleben, als würde einem das alles gar nichts angehen? Warum lebte man dieses schwere, gequälte Leben überhaupt, das so sinnlos zu sein scheint und hinter dessen Fassade als fortwährendes Schreckgespenst der Tod, das ohnmächtige Versinken ins Nichts oder gequälte Wiedergeburt lauern? Eine unerträgliche Last drückte seinen Brustkorb zusammen und nahm ihm den Atem. Luft! Luft! Mit zitternden Fingern holte er alles Geld, das er einstecken hatte, aus seiner Brieftasche und drückte es dem Mädchen in die Hand. Dann strich er ihr sanft und brüderlich über das strähnige Haar und rannte davon, rannte durch dunkle Gassen und an bedrohlich aufragenden Häuserreihen vorbei, rannte weiter und weiter, bis sein Brustkorb zu zerspringen drohte und er einen bitteren Geschmack wie von Kupfermünzen in seinem Mund fühlte. Keuchend rang er nach Luft. Erschöpft und gequält sank er in einer dunklen Ecke in den Schmutz der Straße, horchte auf sein wild pochendes Herz und glotzte blöde zu den Sternen, die vereinzelt über den Giebeln der Häuser zu sehen waren.
Mein Gott, dachte er, wo andere leichtfüßig durch den Garten der Lust wandeln und dort in aller Unschuld die süßesten Früchte kosten, da hatte er immer nur Bitternis und Qual zu schmecken bekommen; hatte jedes kleine Glück mit Leid und Schmerz und Angst und Scham bezahlen müssen. Er war fürwahr der Sklave jeder kleinen, rauschhaften Verliebtheit, hing wie eine Marionette am Faden der Lust. Aber ging es nur ihm so? Wurden andere nicht auch willenlos von diesem dämonischen Feuer umher getrieben? Viele verloren für einen Augenblick rauschhaften Glücks Gesundheit oder Leben. In den Bordellen vegetieren viele Mädchen in höchster Qual dahin, verkauft, versklavt, entmenschlicht. Menschen werden zu Bestien, die bedenkenlos andere erniedrigen und quälen, getrieben von ihrer dämonischen

Geschlechtlichkeit. Fürwahr, Amor ist ein Dämon und Venus eine Teufelin!
Dass es daneben auch noch eine andere, göttlichere Liebe geben müsse, hatte Demetrius bis vor Kurzem kaum geahnt. Doch er hatte dieses Glück gekostet, war in reiner Liebe zu einem Mädchen entflammt gewesen. Er hatte Anna geliebt, ohne dämonische Getriebenheit, hatte ihre Schönheit bewundert, wie er die göttliche Schönheit eines Engels bewundern würde. Alles war rein! Und selbst die körperliche Liebe war frei von jener Bitternis gewesen, die ihm sonst den Becher der Lust Vergiftet. Niemals war sie nur jene kurze, rauschhafte Lusterfüllung gewesen, die von den schnell auflodernden Feuer der Sinne nur kalte, graue Asche zurücklässt, wenn der Rausch der Sinne verflogen ist. Seit er dieses kurze, göttliche Glück gekostet hatte, konnte er nur noch Abscheu vor der schnellen Lusterfüllung, vor der tierischen Wollust empfinden, die ihn dennoch trieb und die er nicht abschütteln konnte, sondern die ihn von innen zerfraß und aushöhlte. Wie sehr hatte er doch schon das Gute und Edle und Schöne in sich verleumdet und verhöhnt. Wo sollte das enden? Wie weit würde er noch in den Schmutz und Kot der Wollust versinken? Wie weit würde es ihn noch auf dem Pfad der Finsternis vorantreiben? Durch wie viel Not und Pein musste er noch hindurch, stets getrieben und irrend? Nein, er wollte, er konnte nicht mehr.
Er stand aus dem Schmutz der Straße auf und irrte weiter durch die dunklen Straßen, ohne mehr zu wissen, wo er war, ohne darauf zu achten, wohin es ging. Schließlich gelangte er durch Zufall an den Arno, stand plötzlich auf der Ponte Vecchio, hoch über dem träge dahin ziehenden Strom. Wie leicht wäre es jetzt zu sterben. Ein kurzer Sturz, ein williges sich hingeben an die Fluten und an den Tod. Sein Ich würde sich auflösen und all der Irrsinn, die Angst und Getriebenheit des Lebens hätten ein Ende. Er würde untergehen in den dunklen, verlockendem Wassern, die ewig flossen, heimkehren in den Schoß der Mutter. Ein Schwindel erfasste ihn bei dieser Vorstellung. Wie sehnte er sich in diesem

Augenblick nach Stillstand, nach Frieden, nach Geborgenheit, wie sehnte er sich nach Wandlung und Neubeginn. O, Mutter, oh Tod, ich komme! Krampfhaft spannten sich seine Muskeln um das Brückengeländer, bereit seinen Körper in die Tiefe zu hieven. Nichts mehr in ihm schien sich gegen den Tod zu wehren, der ihm doch so verlockend und zärtlich und schön, wie ein strahlender Engel erschien.
Da, plötzlich, aus unbekannten Sphären auftauchend, war sein Gehirn ganz erfüllt von Melodien. Brausend, wie ein Orkan, erklangen die Symphonien Beethovens in seinem Innern; all die Fragwürdigkeit, die innere Zerrissenheit und Unruhe des menschlichen Lebens war hier kristallisiert und zu etwas göttlich Schönem erhoben worden. In übermenschlicher Heiterkeit erklang seine Seele zu den Melodien der Zauberflöte. Er sah sich über kristallklare Fjorde und schneefunkelnde Höhen Norwegens schweben, die sich in den Melodien Griegs funkelnd spiegelten. Er sah die Bilder aus den Uffizien wieder. Er sah lächelnde Madonnen, sah Flora ihre Blumen streuen, umschwärmt von Nymphen und Waldgeistern; sah Venus, wie sie aus dem Schaum des Meeres steigt, und sie war nun keine Teufelin mehr, keine grässliche Dämonin, sondern eine Göttin, in all ihrer strahlenden Anmut und Schönheit.
Auch die leuchtenden Weizenfelder van Goghs sah er wieder, sah wie seine Sterne im Chaos um Gestaltung ringen, sah unbeschreiblich Schönes, unbeschreibbar Göttliches. Er sah Edvard Munch auf der Brücke schreien, erfüllt von Angst, vor entflammten Hintergrund. Auch hier war aus Verzweiflung Schönheit geworden. Renoir tanzte und Cezanne umrundete in ewiger Wallfahrt seinen Berg, immer auf der Lauer nach Wahrheit in seiner Malerei. Goethe stand hoch über nebelbrodelnden Talgründen, und über allen Gipfeln war Ruh! Warte nur, oh, ja, warte nur, es hat ja keine Eile, bald ruhest auch du!
Er sah das sommerliche Morgenlicht wieder, das die große alte Linde, die vor seinen Kinderzimmer emporragte, in sanftes Licht

tauchte. Er hörte ein altes Kinderlied, das seine Mutter ihm immer sang; sah ihren Mund wieder, der ihn lächelnd küsste. Ihre Augen leuchteten froh und selig in überirdischer Schönheit. Er fühlte warmen Sommerregen auf seiner Haut, er hörte Vogelgezwitscher, hörte das sanfte Plätschern des kleinen, dunklen Baches wieder, an dem er als Kind oft gespielt hatte, er sah das Sonnenlicht golden durch hohe Baumwipfel fallen. Er sah und fühlte und schmeckte all die Schönheit seines Lebens mit allen Sinnen seines Körpers, mit jeder Falte seiner Seele. Es war ihm, als wären ihm alle Wunder der Welt mit einem Male aufgegangen. Dieses, das fühlte er, war das Unzerstörbare, das Ewige in ihm, das ihn an seine Menschlichkeit gemahnt hatte. Seine Hände rissen sich von dem Brückengeländer los. Nein, er wollte, er musste leben. Er wollte den Kelch seines Daseins bis zum Grunde leeren. Er wollte Leid wie Freude, Schönheit wie Hässlichkeit, Freiheit und Getriebenheit, alles als Teil seiner Selbst, als Teil des Ewigen, des Göttlichen, das jenseits von Gut und Böse liegt, annehmen. Und auch die schmerzhafte Glut der Liebe, die glimmte und brannte, all das musste er, all das wollte er bis zum Ende auskosten.